ZHUMINGJUNLUZUOJIASHIZHONGSHANZUIXINLIZUO

著名军旅作家石钟山最新力作

五……星

山／著

时代文艺出版社

目 录

第一章　兵营第一日.........001
第二章　迟班长和丁大队长.........016
第三章　怪兵朱光明（一）.........035
第四章　怪兵朱光明（二）.........046
第五章　常小美事件.........058
第六章　李英俊的故事.........073
第七章　打架事件.........083
第八章　蝴蝶效应.........095
第九章　会操比赛.........105
第十章　父亲崔立国.........115
第十一章　谷水秀（一）.........126
第十二章　谷水秀（二）.........140
第十三章　预备大队.........150
第十四章　国旗班.........164
第十五章　大眼牛帅.........185
第十六章　最后的升旗.........194
第十七章　陶氏集团.........204
第十八章　回家.........217

第一章　兵营第一日

这段时间，崔成总是做一个相同的梦。他梦见带着“坦克”去巡山，人和狗在林间快速地穿行着。“坦克”体形硕大，浑身的毛油黑发亮，健壮有力，疾跑如风，在他前面跑得可欢呢，好像有一身使不完的蛮力，还不时地回头张望他，这条山路它比谁都熟悉。

不知过了多久，他和“坦克”终于到达了“月亮门”那块柔软的草坪上。附近的村民翻山越岭的时候，总是把这里当成歇脚之地。那真是一处难得的风水宝地啊！很久之前，这里曾是有名的大烟地，却不知从什么时候开始荒废了，现在长满了各种各样的花花草草，足有一个足球场那么大，这在一片险峻的山岭之中简直就是一处奇观。

中午时分，草地被晒得暖烘烘、软绵绵的。人躺在上面，身体感觉变得酥软而惬意。“坦克”是一条聪明的狗，此时此刻，它正懒洋洋地趴在崔成的身边歇息，它懂得如何节省体力。父亲崔立国一直对它稀罕得不得了，说比儿子都管用。“坦克”的鼻子湿漉漉的，绷着那有些凶狠的面孔，眼睛凝视着对面的山峰，低沉地喘息着，一副煞有介事的样子，仿佛整个山林都是它的领地。

山中各种树的叶子晶莹明亮、五颜六色，一阵阵清风扫过，叶片相互摩擦，发出沙沙的声音。树林里不时传来各种清脆的鸟叫声，有布谷鸟、灰头麻雀，还有很多叫不出名字的鸟。崔成觉得这一刻时光好像停住了脚步，困意绵绵不绝地涌上身来。风多少有些凉了，很快就要到霜降叶落的时节。他感到岁月正在无情地流淌着，一股淡淡的寂寞感袭上心头，但又不知这忧愁来自何处。就这样，他和“坦克”一起沐浴在温暖的阳光之中，仿佛被眼前心旷神怡的寂静所吞没，人一直往里坠，进入梦境之中，再也不愿醒来。

突然间，一声尖厉的哨响结束了这一切，把他从双重的梦境中无情地拽了出来。现实总和他作对，总是梦到最快意之处就被生生打断，看来他永远也不可能进入到那虚幻的美梦当中了。

自从来到新兵训练营，崔成没有睡足过一天觉，迟班长毫无怜悯地说，你们已经够享福了，真正的国旗兵每天四点钟就得起床，四点半整理好被褥和装容，五点在操场上练习分解动作，五点四十列好方阵，进入广场开始升旗仪式。国旗必须跟每天的太阳一同升起，国旗手必须在太阳升起前的九十分钟就起床。而且每天太阳升起的时间都不一样，会有一分钟的时差。一年中，最早的一次升旗三点多就要起床。国旗手必须不断调整自己的生物钟，保持最佳状态。小子，想当国旗手，你还差得远着呢。

困得不行的时候，崔成有时会想念大雪之下的白马村。每个冬天的下午都是那么宁静悠长，燃烧着的木材柈子在炕坑里噼啪作响，身子下是滚烫的炕席，除非父亲把他喊醒，否则他便可以无所事事地大睡特睡，一个美梦接着一个美梦，每一觉都睡得那么透彻、那么满足。一和屋里的人讲到这儿，牛帅都会在一旁啧啧称羡，你们东北人就是命好，有那么长的冬天可以不做事光做梦。

已经成了条件反射，一听到哨声，崔成立刻翻身坐起。不知不觉已经过去一个月了，他只觉得浑身的骨头脆得随时都会粉碎。他现在算是对累、困、饥饿、疼痛这些词儿，有了深刻的体会，尤其是疼痛，有麻酥酥的痛，有灼烧般的痛，有刺骨一样的痛，有刀割般的痛，有抽动的痛，有酸胀的痛，有撕裂的痛……反正，每天所有的疼痛都会一起涌上身来，肩膀、胳膊、后背、关节，没有一处是舒坦的，特别是脚，已经被汗水泡烂了，每天要拿热水烫烫才会好受一点儿。他第一次看迟班长的脚时吓了一跳，班长的脚已经完全变形了，甚至有些丑陋。而迟班长却满不在乎地说，这都是小菜。哪个国旗手的脚不是这样的？哪个国旗手的脚没被汗水泡烂过？人家看着我们踢正步挺威风，其实每个人的脚都很难看，百分之百的脚都变形，有人天天用刀片刮脚底的茧子，还得热水泡了才能刮，不然没法踢正步。不是我吓唬你，哪个退伍兵没有关节炎？知道不，踢两年正步相当于一次二万五千里长征。现在，崔成终于一点一点地体会到了。

一般人都不知道自己身体的极限，而他们天天都在体验着自己的极限。绑沙袋踢正步，每一步必须七十五厘米；身背十字架练站姿，一站就是几个小时……操场上永远都是令人头痛的口令，能在这块操场上撑下来的都是男人中的男人，强者中的强者，也就离天安门广场越来越近了。

几乎每一天都要咬牙挺过去。崔成渐渐体会到进步的成就感，他觉得体内有种强悍的力量正在不断地增长壮大，而这一切都是靠每天大量的汗水和顽强的信念才得到的。丁大队长说，凡是进了国旗班的战士，无论新兵老兵，没有一个叫苦的。因为每个人心中都有一个执着而神圣的信念，那就是一定要走进那三十六个人的国旗方队里面。男人吃多大苦就有多强悍，国旗兵比的就是吃苦。

日复一日的训练又开始了，门外传来迟班长响亮而急促的口令声。

七班新兵起床的声音错杂而有序，这全因迟班长平时调教有方，用了不到一个月的时间，就硬是把他们的习惯扳了过来。全班每个人做事都像上了发条一样井然有序，不再是茫然摸不着头脑的新兵蛋子了。上铺的朱光明总是第一个醒来，他正麻利地整理床铺。

全班最让崔成佩服的也是朱光明，他的每个动作都像钟表的指针一样准确无误。被褥整理结束后，他便唰一下跳下床来，瞅了一眼崔成，那张脸还是冷冰冰的，毫无表情。朱光明总是精神抖擞的，也不知道从哪里来的力量，就像他从来都不缺觉似的。谁能想象得到他曾经是一个散漫浪荡、不受约束的富家子弟呢？人啊，还真没法看，这座军营能让鬼也变得既勤快又懂规矩。

父亲曾经对崔成说过，每个人这一辈子总有绕不开的人，想躲都躲不过去。别看父亲是个普通农民，人可智慧着呢，他总是能说些出人意料的话，做出一些出人意料的事，而且事实证明他总是对的。关于这一点，白马村的人没有一个不服气的。崔成恍惚觉得朱光明就是他一生躲都躲不过去的那个人。

记得第一次见到朱光明，还是在接运新兵的中巴车上。那天他们分乘不同的火车，先后到达了北京站，然后被接兵的干部安排在去新训大队的同一辆车里。

在火车上，崔成一路都迷迷糊糊的，感觉就像是在做梦。本来嘛，他意外地被接兵的干部挑中去做国旗兵，搞得整个三河镇都轰动了，更别提白马村了。去年县里出去的两个兵，集训结束后去了故宫中队，已经成了当地的新闻，但那比起进国旗护卫队还差一步呢。这次他算是给老崔家长脸了，白马村的人都说老崔家的祖坟冒青烟了。这两天又是欢送又是酒席的，弄得他迷迷糊糊的，直到今天一脚踏上去往新兵营的车，他都没有完全地清醒过来。难道自己真的就要成为一个兵了，而且是国旗兵？他不禁有些疑惑。

车里面是一张张陌生的面孔，虽然每个人看上去都稍显稚气青涩，却个个透着一股英武之气。这帮新兵看起来都不简单，挑兵的人眼睛就是“毒”啊！

不知道过了多久，朱光明上了车，他一屁股坐在崔成身边的一个位置上，连个招呼也不打，还冷冷地瞟了他一眼。坐稳了之后，朱光明就把目光投向了窗外，好像想着什么了不起的心事似的，一副牛烘烘的样子。

后来崔成才知道，朱光明的那种冷傲完全是骨子里带来的，还真不是装成高人一等的样子。崔成当时就觉得他的这副做派根本不像个当兵的，和这一车的新兵完全不是一类人。兵要有兵的样子，崔成觉得自己肯定差不了，连县武装部的林部长都说他天生就是块当兵的好材料，从身体到心理都是一流；前来接兵的干部也说，三河镇出好兵，准差不了。

车终于开动了，行驶在北京城的街道上，车里的新兵因为头一次见识到这座巨大城市的喧嚣与繁华而兴奋起来。他们大多是头一次出远门，一边瞧着车外，一边叽叽喳喳地低声交谈着。

崔成曾经在北京待过一年，对北京的热闹并不感到新奇。他看到一旁的朱光明此时正抱着双臂，一副淡然的样子，显得十分特别。他忍不住小声问道，你哪里来的？朱光明瞅了他一眼，淡淡地回答，浙江诸暨。接着脸上就挂起了“请勿打扰”的牌子，再也不屑与他多说一句了。崔成心里又恼火起来，牛什么牛，老子也算是三河镇的名人，在北京还做过生意呢，什么没见识过？不过朱光明说的那个地方他还真是头一次听说，难道那里出来的人都这副德行？

到达兵营后，崔成被分进了新训大队三排七班。崔成万万没有想到的是，朱光明竟然和他分在同一个班，而且还睡在他的上铺，看来这个阴阳怪气的人他是躲不掉了。

大队安排得很周到，放下行李，他们便被带进食堂，吃了一顿热气腾腾的鸡蛋面。在这里，崔成认识了班里的其他几位新战士。

在这一帮新兵中，一个叫牛帅的四川兵最为突出。他一边呼啦啦地吃面，一边眉飞色舞地大谈四川的担担面、肥肠面、猪手面，浓重的地方口音里夹杂着大量的形容词和感叹词，好像他对这个世界总是充满了惊奇之感。牛帅以前做过两年厨师，对食物总是一副颇有心得的样子。与人交谈时，他那一双突出的大眼睛会真诚地盯着你，让你觉得他说的每一句夸张的话都有根有据。他说话的时候，脸上的表情十分丰富，任何一件不起眼的小事都会被他说得兴致盎然。这样的人，往往会在很短的时间里，就成为人群的中心。

在牛帅身边坐着的那个新兵叫李英俊，一脸憨厚而天真的笑。人相当腼腆，对什么都感到新奇，一看就知道是刚出校门，没见过什么大场面。

与他们相比，朱光明显得有些格格不入。崔成发现，他拿起碗筷的时候皱起了眉头，犹豫了好一会儿，仿佛上面满是细菌，难以下咽似的。看着同伴们在那里狼吞虎咽着，朱光明最后仿佛下了很大决心一样，硬着头皮胡乱地吃了几口，便匆匆作罢了。

牛帅的兴致一直没减，他一边端着饭碗，一边眉飞色舞地说道，你们听说没有，咱们的迟班长是专门从国旗班抽调过来的，他可是大队去年的训练标兵。有这样的班长，我们好福气啊，说明我们大家都是种子选手哦!

其实大家对迟班长的第一印象并不太好，他的脸总是阴沉着，看起来凶巴巴的，像是有什么沉重的东西压在心里，虽然刚见到新兵时也是一脸客气，不过好像很勉强，似乎热情并不高。

迟班长的两眉之间有一道很深的竖纹，这样一来，就更显出了他的威严。他的身体里好像积聚着愤怒的能量，随时都会爆发，一个唾沫星子就能把人砸一个跟头。新兵们暗暗思量着，不管谁摊上这样的班长，今后的日子恐怕都不好过。

从食堂回到班里之后，迟班长给班里的新兵开了一个简短的班会，班会的内容主要是自我介绍相互认识一下。牛帅第一个站起身来，带着浓厚的口音笑嘻嘻地说，报告班长，我家是四川乐山的，那座大佛大家都晓得的。除了父母，我还有一个弟弟，都在家里干农活。我中学没毕业，就出去当厨师了，我是有中级厨师证的。来之前我就想，如果万一上不了方队，我还可以给国旗班做饭哩，能当个伙食兵也不错。要说我的理想嘛，就是能在北京开一家火锅店，以后只要是国旗班的人，都可以在那里免费敞开吃。

这个家伙句句不离吃，天生一个吃货。看着牛帅的大眼睛骨碌碌地转着，仿佛停一会儿都难，崔成心想，要是按照国旗手的标准，那双眼睛也够他练一阵子的。迟班长皱皱眉说，好啊，看来国旗班改善伙食有指望了。从他的语气里能听出来，他对牛帅的油腔滑调并不太买账。

轮到李英俊的时候，只见他人还没站起来，一双手就止不住地抖了起来，脸憋得通红，话说起来断断续续的。迟班长见他那么紧张，笑了笑，忙又招呼道，坐着说，别着急。

看来迟班长对这个新兵抱有一种说不出的好感。李英俊看起来很阳光，就是有点儿柔弱，像个女孩子，笑的时候一脸灿烂，就像田里的庄稼汉一样干净纯朴，只是稚气青涩了一点。他的家庭背景和他的人一样简单，父母都在家里务农，家境贫寒，两个姐姐也都在农村嫁了人。他有一次偶然在电视上看了天安门的升旗仪式，从此就像着了魔似的，抱定了要当一名国旗手的想法，没想到还真被选进新训大队来了。

还有一个给崔成留下深刻印象的新兵叫段世杰，家在河北廊坊，人长得白白净净，说话慢条斯理，不显山不露水的，看上去很有些城府。段世杰的父亲曾经也是一名军人，退伍后做了一名普通的公务员，母亲是一家事业单位的会计。他以前曾在体校搞过田径，县里跨栏的纪录就是他创造的，至今还没有被打破呢。从表面上一点儿也看不出来他还有这本事，真是人不可貌相。后来他考上了大学，读了一年后，又觉得没有兴趣，恰恰这时得到了招收国旗兵的消息，就断然放弃了学业，报名参了军。

说起来，这次招兵他差点儿就被特训大队挑走了，还是丁锐大队长发现了他，硬是把他抢了过来。迟班长听完了他的介绍，看了他一眼，又看了一眼，便淡淡地说道，你该减减肥了，体重有点儿超标。一句话搞得段世杰讪讪的。

朱光明身上的冷，班上每个人一开始都感觉到了。牛帅说，从朱光明身边经过就觉得温度要降低几摄氏度似的。牛帅管他叫“朱公子”。朱光明三言两语就把自己介绍完了，父母是做生意的，他是家里的独生子，高中没有毕业。要当国旗手是他自己的主意，其实家里都不同意，最后还是他的爷爷一锤定音帮了他。

迟班长听朱光明说完，漫不经心地问道，听说你还是在英国上的高中？

朱光明听了这话，好像被烫了一下似的说道，是英国的陶顿中学，但是没毕业。

全班的人听了他的话后都大吃一惊，什么样的家庭才能送他到英国去读书？他又怎么会想起到部队里来吃苦？大家觉得朱光明身上隐藏着一个又一个谜，而他却像打定了主意一样，坚决不肯多说一句。

剩下几个兵没给崔成留下什么特别的印象，而他也觉得自己的经历再普通不过了。他是最后一个起身介绍的。他十分平淡地介绍了自己，并有意隐瞒了自己跟亲戚在北京做了一年生意的事情，以及当年因为打架退学的事情。崔成知道，当国旗手，身上最好一点儿污点也没有。但是人非圣贤，孰能无过呢？

你为什么想当国旗手？迟班长问他。

崔成想了想，老老实实地答道，我陪村里的一个同学去县武装部，同学要去参军，但当时我并没有打算当兵，没想到被招兵的干部相中了，便和父亲商量了一下就马上决定了。国旗兵，我连做梦都不敢想啊。我当兵完全就是一次意外。

还记得那天在县武装部的时候，崔成被北京武警支队的招兵干部说得心动了，便给父亲打电话，他当时还想着，父亲准会大发雷霆，骂他想一出是一出。没想到的是，父亲听到这事儿没两秒钟，就果断表态，这事还想个屁，坚决去，我完全支持，马上报名！事情就这么定下来了。

这件事多少有点儿出乎崔成的意料，其实他们父子俩的想法一向都差别挺大的，但事实最后往往证明父亲是对的，这让他心里总是不服气。可父亲的确不是一般的农民，比如上学这件事吧，他说崔成根本不是读书的料儿，还不如上技校学点儿手艺；再比如去北京做生意这事儿，说他也不是做买卖的料儿，不如跟他再承包几十亩水田种水稻，加上家里已经承包的那几座山，够他干一辈子的了，索性死心塌地做个农民算了。但是每次崔成想去干什么，崔立国从不横加阻拦，显得格外开通，说一个年轻人什么都要试试，就当是交学费了，这一点就显得高人一筹。崔立国对他说，现在咱有条件了，你出去闯荡几年没啥坏处，想长见识是要花钱的。要是在过去，你早就下地干活了，就你那点儿心眼儿能玩到哪里去。年轻人最重要的两件事就是定心性和长见识。人要是心性定不了，没什么见识的话，也就是一个混吃等死的活废物，咱就是当农民也不能当个傻农民，何况现在都是什么时代了。

不服归不服，但崔成还是打心眼儿里尊重父亲，虽然他天天守着大山沟，可头脑一点儿也不比别人差，天天都读报看书，还写护林日记，说起来父亲读的书比自己还多呢。

出发的前一天，崔立国显得特别兴奋，两眼放着光，一边端着酒杯一边对崔成说，你要记住，兵和兵可不一样，你爹也是当过兵的。你这是什么兵啊？天天守着天安门，那是国家的心脏啊。你没看见国家一有什么大事，都在天安门搞仪式。你要是有一天站在天安门，你爹就算没白活，整个镇里都跟着你长脸。再说了，你东闯西混也有几年了，没学到什么正经玩意儿，也该在部队里学学规矩了，真正吃点儿苦，出来以后肯定像换了个人似的，这才是正经事呢！

听完大家的介绍，迟班长点点头，然后总结道，其实大家的情况部队都是基本掌握的，新训大队就是给国旗队输送后备兵的。班里每个人的身体条件都符合标准，政治背景也都过硬，每一关都是经过严格审查的。虽然我们新训大队一直是国旗班的后备基地，毕竟名额有限，但即使上不了，起码可以保证每一个人今后都会有很好的去处。因为来这里的人都是大队掐尖一样选来的，只要肯努力，我毫不怀疑你们每个人都会成为合格的国旗手的。

迟班长顿了顿，环顾了一下大家，继续说道，七班里的每一个人都是大队的宝贝，有的来自农村，有的来自城市，有的考上了大学，有的还留过洋。这句话刚说完，大家就都瞅着朱光明笑了一下，朱光明紧紧咬着嘴唇，不动声色，就像什么也没有听见似的。

我可不是嘲笑谁啊，迟班长解释说，需要补充一下，崔成的父亲曾经是一名优秀的坦克手；朱光明的爷爷也是军人出身，是一位师级干部，当兵的时候也是一名旗手呢，当然，和现在的旗手不一样了；段世杰的父亲也是当过兵的，而且段世杰曾经受过非常专业的体育训练，考的大学牌子也挺硬。总之，你们都是因为良好的家庭背景和身体条件才被挑进来的。到了这里，大家就是一家人，同吃同住同训练，最好还能同上国旗班。生活在一起，就要相互理解互相友爱，遵守纪律。班会结束后，大家给家里打电话报个信儿，然后睡一个安稳觉。

接着迟班长口气一转，变得严厉起来，客气话我算说完了。从明天起，你们会觉得一切都变了，也许有一天你们会后悔来到这里。这里的训练是你们难以想象的，我倒是要看看你们谁能挺过去，谁最先被淘汰。因为国旗手是从一万名新兵中挑出来的，要经过一百天的训练，过了关的人才有资格进入预备大队，预备大队的训练才真正是残酷的、魔鬼式的，所以每个人都要有充分的心理准备，时间还长着呢！

班会总算开完了，迟班长的话让大家心里变得沉甸甸的，每个人都带着一肚子的心事，急着排队给家里打电话。

有几个兵一打电话就哭哭咧咧的，让崔成满心地瞧不起。朱光明就排在崔成前面，崔成很想听听这个怪人能跟家里说些什么。朱光明打通了家里的电话，说了几句，人就突然变得扭捏起来，生怕别人听到似的。只听他低声地说，妈，都知道了，有什么可哭的，我挺适应的，又不是没一个人生活过。千万别让人老往这里送东西，影响不好，这里什么都不缺。还有，你们最近也别来看我，三个月以后再说吧。告诉爷爷我好着呢，他们对我挺照顾的。好了，就到这里吧，有事我会给你们写信的，这里不能随便打电话。说完便不耐烦似的把电话挂上了。

轮到崔成，他想这会儿家里人说不定正心急火燎地等着他的消息呢。没想到电话一接通，就听到母亲的声音不对劲，她带着哭腔说，刚进军营，本来不打算告诉你的。你爸死活也不让我说，可是我一想，你迟早也会知道的。崔成听到电话那头的抽泣声，心怦怦直跳，会发生什么大事呢？人一上了岁数，感情就变得脆弱了，有时就像孩子一样。

崔成不敢大声说话，后面还有等着打电话的新兵呢，他尽量控制着声调问，到底怎么了？

“坦克”没影了，你爸去找了。母亲抽抽搭搭地接着说，天一黑就没见到它，你爸说它去找自己死的地方去了。你知道那个地方，就是月亮门那块草地。这么晚了，我害怕出事，就让你赵家五叔跟着去了。你到了部队好好表现，不用惦记家，我知道部队的纪律，你要记得常给家写信啊。再说，“坦克”也到岁数了，迟早的事儿了。

是啊，按岁数，这时候的“坦克”已经相当于八十岁的老人了，皮毛暗淡了许多，还一撮一撮地掉，走路也不稳当了，摇摇摆摆的，精神也恍恍惚惚的，说不准什么时候就一头栽在哪里再也爬不起来了。每当家里人出现在它跟前时，它都会强撑着，礼貌地站起来，晃晃尾巴，尽一下自己的职责，并习惯性地接受抚摸，然后又有气无力地钻回自己的窝里，头无力地耷拉到地面，开始长时间的昏睡。其实它清楚自己的大限将至了。主人还健在，森林越来越茂密，而它就要消失了。一想起它现在的样子就让人心酸。

“坦克”眼看不行了，崔立国又养了一条名叫“刀尖”的狗，那狗健壮活泼，喜欢挑衅，时不时地拱一下“坦克”，毫无同情之意。它强有力的身体会轻而易举地把“坦克”挤到一边，以显示自己充沛的体力。不过自从上次它咬伤了“坦克”的腿被父亲毒打后，就再也不敢过分欺负“坦克”了。“坦克”对它随时的欺侮毫无反抗之力，只是低声地“咕哝”几声，然后乖乖地闪到一边，曾经的威风荡然无存。

放下电话，崔成的眼泪就忍不住掉下来了。听父亲说，“坦克”是最聪明的狗，它早就选好自己的临终之地了。崔成想象着“坦克”此时正拖着沉重的身体，摇摇晃晃地穿行在它曾经熟悉的山林间，在清凉的月色之下，孤独地奔向生命的终点，一路上踉踉跄跄，摔倒了再爬起来，也许还会有野狼袭击，但它毫不在乎，它要无所畏惧地回归到寂静的树林中。身旁是熟悉的山林，风声呼啸，它恍恍惚惚地趴在那块草地上，呜呜地发出最后的呻吟，直到身体越来越冷。它要同周围的群山一起沉睡，它要选择树林将自己完整地埋葬。离开了主人，它一定非常悲伤，但它不想最后给主人添什么麻烦。它真是一条坚强的狗，它有它的死亡方式，那也是它最初的本能。

崔成没想到进入新训大队的第一天居然听到了“坦克”的死讯，他伤心得一晚上都没睡好，整个心思都沉浸在对那条忠心耿耿的狗的怀念之中。

第二章　迟班长和丁大队长

过了几天，班上要求每个新兵给家里写一封信，汇报一下训练和生活的情况，这是总队要求的。在这里打电话是受限制的，写信成了与外界联系的主要方式。

朱光明公开表示拒绝。迟班长问他为什么，他说已经给家里打过电话了，该说的都说了，没什么要说的了，再说他从来也没有给人写信的习惯。迟班长有点儿恼火地说，这是什么话？难道家里人不惦记你吗？朱光明平静地说，我父母基本上都在国外，收到信也不知道什么时候了。再说，他们眼里只有生意，什么都顾不上，我不给他们找麻烦他们就烧高香了。说到这里，朱光明的眼里飘过一丝伤感，像被遗弃的孤儿一样。听他这么一说，迟班长也不好再说什么了。

那一刻，大家都觉得他的家庭没有什么人情味儿，相互之间漠不关心，莫非有钱人的家庭都是这样冷冰冰的？

崔成特别急切地想知道“坦克”的下落，说实在的，他也是头一次写信，为此还琢磨了半天，费了不少脑筋。他给家里的信写得很简短：

父亲、母亲：

见字如面。

军营条件很好，还有暖气，伙食也不错，不用为我担心。不知“坦克”怎么样了，我心里很着急，十分挂念。我知道爸会安排好一切的。回信记得把我和“坦克”在一起的那张照片寄过来吧。妈的身体不好，千万不要太操劳了；爸有老寒腿，一定记得保暖，就要下雪了，山路滑，一定要小心，不行就雇个人吧。新兵训练并不像你们想的那么苦，每天都过得挺充实的，我想我一定能挺过去的。在这里，无论是上级还是战友都相处融洽，我还交了不少新朋友，一点儿也不感到孤单。

写信时他又想起了“坦克”。那个曾经盛气凌人的家伙、忠心耿耿的老伙伴，总是规规矩矩地在他身边趴着。他们一起在林间穿行，一起谛听着风声鸟鸣，一起享受着太阳的温暖，而现在都成记忆了。父亲曾经告诉过他，人这一生可以说就是失去的一生。“坦克”算是他第一个真正失去的朋友，以后失去的东西可能还多着呢。刚来到新兵营，他心里也没底，带着几分忧虑，不知道今后自己能走到哪一步，走一步看一步吧。这些心事也只能自己埋在心里了。

李英俊给家里写信时还掉了眼泪，看样子，只有他是真的想家了。牛帅为此还嘲笑了李英俊。牛帅写的信真是别出心裁，他说父母大字不识一个，于是他在信纸上歪七扭八地画了一个营房、一桌饭菜、一只枕头、天安门加一面国旗，还有笑脸什么的，他说他们一看就明白是什么意思了。

大家正忙着写信的时候，迟班长领着三排长李克进了屋。李克与迟班长截然相反，面容和善，总是笑眯眯的，一看就知道是个温和亲切的人。他一进门就对大家嘘寒问暖，和气地说，大家在一起是个缘分，进了门就是一家人了，要相互担待照应，现在不是说最好的情感就是一起扛过枪流过汗吗？到时候你们就知道了，到了大队，有什么困难可以随时提出来。对了，我问大家一个问题，这里有谁知道升国旗的时间是多少？

他问得很突然，一时间大家都面面相觑，这时李英俊站起身来，小声地说，报告排长，我看过资料，是两分零七秒。

三排长脸上露出赞许的表情，继续问道，你知道怎么来的吗？

李英俊摇摇头。三排长认真地说，前国旗班的战士每天都要记录日出和日落的时间，他们了解到，太阳从开始冒出地平线到离开地平线的时间正好是两分零七秒，于是他们就想着能不能把升旗时间也控制在两分零七秒。通过改动装置，还真的实现了。当太阳上缘刚刚冒出来与地平线相切时，启动升旗按钮，当太阳完全跃出，下缘与地平线相切时，国旗正好升到旗杆顶端。这象征着祖国与日月同辉，明白了吧？由于每天太阳升起和降落的切线与地平线相吻合的时间都不一致，所以每天升降旗的时间都不一样，国旗班的战士们起床、睡觉的时间自然就不确定。每天的升降旗时间表都是北京天文台经过科学测算后提前制定的。我说这个大家也许觉得奇怪，其实我是想要告诉你们，除了训练之外，还要多学习有关国旗的知识，只有真正理解了国旗，才能成为一个合格的国旗手。今天先给大家打个招呼，以后日子还长呢，我相信，迟班长带出的兵不会差！

随后，三排长说要到别的班去看一下新兵，就转身离开了。

关上门，迟班长立刻严肃起来。崔成此时还沉浸在“坦克”失踪的悲伤之中，一时还缓不过神来。迟班长扫了大家一眼说，从现在开始，大家算是正式进入了军营，我与大家相处的时间也只有几个月。来之前就听说七班是问题班，新兵的背景比较复杂，是我主动要求过来的，我就不信邪，其实七班的条件比哪个班都不差。

说到这里，迟班长顿了顿。大家都瞟了一眼朱光明，好像他是班里最大的问题似的。迟班长接着说，从明天起，我不管谁头上长角长刺，谁是家里的心肝宝贝，进了这个班，是龙你得盘着，是虎你得卧着，一切都得服从指挥。即使错了，也要遵守，服从是军人的天职。从此忘记你的过去，老老实实在这里做一个真正的兵。到这里来的每个人都想去国旗班，我要告诉你，不脱一层皮，连门儿都没有。我就是从国旗班过来的，我的经验是用每一滴汗检验出来的，只要照着我说的练下来，我敢保证七班的每个人都会一个不落地进入预备队，至于强化训练后，谁还能留下，那全看你们自己了。

迟班长的声音震得每个人的耳朵都嗡嗡响，一下子就把众人给镇住了，好多人还没有从刚才的热闹中回过神来。牛帅张大了嘴巴。崔成瞄了一眼朱光明，发现他还是一脸不以为然的表情。

李英俊！迟班长喊了一声。

到！李英俊哆哆嗦嗦地站起身来。

说说你为什么来到这里？

报告班长，我就是想当国旗手。李英俊小声地说道。

大声点儿，这有什么见不得人的？

周围人发出一阵哄笑，李英俊的表情忽然变得庄严起来，说，我本来就是那样想的。前年我和几个同学到天安门广场看升旗，广场上挤满了人，差不多七点多钟，先是三名又高又帅的战士走出来，中间是擎旗手，两边的战士抱着枪护卫，接着就是带队警官，后面是托着枪的护卫队。我记得特别清楚，他们从天安门城楼的大门中走出来，在踏上广场大道的一刻，换成了正步，齐刷刷的，特别威风特别精神，我感觉护卫队的每个战士都是我心中的偶像，有一天我也要成为他们中的一员。

迟班长点点头说，没有信念做不成大事，你们每天起来，就要用这几个字来提醒自己！

看着全班人满怀期待的目光，仿佛受到了鼓励，迟班长变得兴奋起来，眼睛也亮了。他挥着手里的一张表格说，这一周全班要进行一次身体测试，3000米跑、俯卧撑、仰卧起坐……我已经制订好了每个人的针对性训练计划，不能打无准备之仗。要每时每刻牢记你们为什么来这个地方。要当国旗手，没有任何捷径，就是训练训练再训练，你多付出一分努力，就比别人快一步，三个月就见分晓。所以，你们没有任何时间可以浪费，除了闭上眼睛睡觉外，一切都要交给训练，我会一视同仁，绝不会给任何人留情面。

第一周主要训练长跑和队列，属于适应性训练。牛帅总是第一个得到消息，崔成觉得他做情报工作倒挺合适的。段世杰一听长跑就来劲了，他在体校专门训练过。朱光明则一脸漠然，好像什么训练对他来说都无所谓似的。李英俊显得有些紧张，总拉着班长问东问西的，听到什么就马上念念有词地叨咕，生怕转眼就忘记了。

每天训练回来，吃完晚饭，好容易可以松一口气，可迟班长又继续把已经被训练折磨得疲惫不堪的新兵召集起来，说是进行“复盘”。他先公布每个人的训练成果：李英俊，俯卧撑36个，3分10秒；段世杰28个，3分5秒……然后再给每个人制订第二天的目标，最后，每个人再重复一遍自己第二天的目标。

崔成，你明天的目标是什么？

崔成霍地站起来说，报告班长，3000米13分钟……

真的是一点儿偷懒的机会也没有，崔成就是上厕所时也会练几个下蹲站立。迟班长说他的腿部力量还不够。崔成不服气了，心想，我爬过那么多年山路腿都没力量，谁还能有力量？不过，他还是老老实实地照做不误。七班最惨的要算李英俊了，迟班长说他总带点娘们儿气，软绵绵的，像唱戏的一样，所以天天给他加码。

其实，各班都有自己的训练方法，迟班长对三班班长创造的所谓的快乐式训练法嗤之以鼻：屁的快乐！训练就是苦的。我从不相信，一个兵不脱几层皮会成为一个真正的兵。想去国旗班的人多了，上万个人里选五十几个，除了新训大队，各支队的尖子兵也都虎视眈眈，别以为到了新训大队就保险了。国旗手就是强者中的强者，我最讨厌失败，尤其是因为不够努力造成的失败，那是不能原谅的，还没有上场就胜负已定了。从来是谁行谁上，里面没有任何情面，因为国旗手是最高规格的兵，是兵中之王。到了这里，训练是唯一有价值的东西，每个人要先突破心理障碍，即使进不了国旗班，你们到哪里也都照样是强者。

没事的时候，迟班长就会带着全班聚在一起一遍遍地观看队伍行进的录像。尤其让大家印象深刻的是一段国庆实况录像，在国旗护卫队的队伍中，一眼就能看到新训大队的大队长丁锐，他就站在排头兵的位置，每个动作都毫不含糊，正步、持枪完美无缺，连眼神都毫无瑕疵，身上像放着光芒一样，身体行进的节奏和韵律毫无机械感。虽然只是一闪而过的短短几秒，已经看得人心醉神迷，不自觉地被他完全折服了。

迟班长告诉他们，丁锐大队长是新训大队里最优秀的教官，他不仅进入过国庆的仪仗队，还曾经是国庆武警方队的基准兵，做过国旗班的护旗手、带刀警官，提枪、持枪、挥刀的动作无人可及，而且做过国旗护卫队的带队警官、升旗手，有他那样资历的人，全支队也没有几个。总队几乎所有人都记得他展旗时那英武无比的形象：红旗在他手上瞬间展开时就像一道跃动的火焰，代表着国旗手的最高标准。

一提到丁大队长，迟班长眼睛就发亮，他自豪地说，丁大队的

“展旗”和“收旗”绝对是独家绝技，而且都是他自己摸索出来的。“展旗”弄不好，就会绕杆、绕手，他每天就在营区内的模拟旗杆上练习，每天只睡两三个小时。平时训练拿一只铁饼向外撒，一练就是上千次。右臂酸肿得根本没法动弹，而且留下了关节炎的后遗症，一遇天气变化，右臂就钻心地疼。他的右臂比左臂粗不少，连衣服袖子都捋不上来。你们要知道，要是遇到个刮风天、下雨天更难，而且风还分顺风和顶风，里面的学问大着呢，如果国旗缠绕在旗杆上，那会出大问题的。而降旗比升旗的难度更大。如果遇到刮风的天气国旗就会来回摆动，不好控制。作为旗手，绝对不能让国旗落地的，这关系到国家的尊严。降旗时的收旗动作被称为“砍旗杆”，这个动作要求右手连续迅速用力“砍”向旗杆，以确保大风天里旗面也不会被刮跑，并且要在十三到十五下“砍”的动作中完全收起。“砍”的时候还必须要“砍”出声音，而且要有节奏。在练习收旗动作时，丁大队右手的皮掉了烂，烂了掉，严重时，手套与磨出血泡的手粘在了一起。你们可以去看看丁大队的右手掌，老茧有一寸多厚，这还不是一点一滴练出来的？不论天气多么差，风怎么刮，国旗只要到了丁大队的手里，撒出去就是那么潇洒漂亮，收回来干净利落，从没掉过链子，绝对天下第一。

直到新训大队举行全体动员的那一天，他们才见到了充满传奇色彩的丁锐大队长。他身穿一身普通的军训服，像猎鹰一样，一双眼睛冷冷地在每一个新兵的脸上扫过。他的身边还站着一个身穿崭新礼宾服的国旗手，让人眼前一亮。那人长得高大挺拔，目光炯炯，英气逼人。丁大队对着话筒铿锵有力地说，大家也算适应了几天，今天是新训大队真正开训的第一课，我专门请来了国旗护卫队六班班长董其亮，他同时也是中队的国旗爱国主义教育宣传员，每个人都给我用心听，牢牢记在心上，说着就把话筒递给那位特殊的来宾。

董其亮向大家行了个军礼后说道，丁大队长过誉了，其实我刚入伍的时候，和大家差不多。我高中毕业没有考上大学，就选择了向往已久的军营。那年冬季，北京武警十四支队在我们那里招兵，除了国旗护卫队，还有礼炮中队。当时我爸就问我，你是想到北京放礼炮还是到天安门升国旗？我脱口而出，去天安门。在家的时候还没有任何感觉，可以说一直沉浸在兴奋之中，可是上了火车，我就想跳下来，那时才感觉到特别想家。

国旗班有句顺口溜：国旗下面站过哨，长安街上拔过刀，东朝房里睡过觉。国旗护卫队的战士是每年从武警北京总队上万名新兵中，经过三个月的军事训练后严格挑选出来的，来到护卫队后，还需要强化训练四个月，经过考核后才能成为一名真正的国旗手。

大概大家也听说了，想当国旗手要闯四道关，而每过一关都要流几个月的汗、脱几层皮、掉几斤肉。第一道关是“站功”。这是国旗哨兵的基本功，有不少新兵刚入队时，站不到半个小时，就头晕眼花，晕倒在地。为了达到站得直、站得稳、站得久的要求，我们平时训练一般都要站上三到四个小时。腰间插上木制的“十字架”，领口别上大头针，一站就是大半天；顶着大风练站稳，迎着太阳练不眨眼，有时抓来蚂蚁放在脸上，练面部表情和毅力。要练就良好的形体，睡觉时不用枕头，平躺在硬板床上，保持腰杆笔挺，头正颈直。第二道关是“走功”。由三十二人组成的“托枪方队”，要横看成列纵看成行，步幅、摆臂、目光都要求保持一致。为了过这一关，白天要绑上沙袋练踢腿，用尺子量步幅，每一步保证七十五厘米，用秒表卡步速，每分钟一百一十二到一百一十六步，一踢就是成百上千次。第三道关就是“持枪功”。护旗兵用的是镀铬礼宾枪，夏天手出汗容易滑落，冬季冰冷的手握不住枪。为了达到操枪一个声音、一条直线，我们就在枪托下吊上砖头练臂力，腋下夹上石子练定位，直到手掌拍肿了，虎口震裂了，右肩磕紫了，也就闯过了这道关。第四道关就是“眼功”，你们只要看到每一个战士执勤时的眼神，就知道什么是“炯炯有神”了。为了练就这样一双特殊的眼睛，我们必须在风沙弥漫的环境里练习沙打不眯眼，在特别困乏的夜色中保持全神贯注。可以说，国旗班的战士们几乎每一天都是伴随着汗水、泪水度过的。有时天热，加上训练强度大，我们小便时都闭着眼不敢往下看，因为尿出来的全都是血。

在强化训练时，由于水土不服，我患上了严重的肾结石。但是，我不敢请假休息，也不敢让首长知道，我怕因此掉队而被刷下来。我凭着对国旗的爱，一边吃药一边坚持训练，硬是咬着牙挺了过来。

可能由于我各方面都比较突出，因此执行了不少重大活动的警卫和礼仪任务，也取得了很多荣誉。国庆五十五周年的那个晚上，中央电视台在人民大会堂举行了晚会，晚会的第一个仪式就是我们国旗护卫队队员在台上正步行走和操枪的队列动作。那次完成得很顺利，受到了上级首长的表扬。

记得有一天，我父母和弟弟来北京看我升旗，我那天特别精神，感觉自己喊口令的声音都比平常要大不少。因为父母和弟弟就站在离我不远的地方，我必须向他们展示一流的动作。可是升完旗后，我妈就问我，小亮，你们怎么都跟一个人似的？小时候你跑到哪儿我都能一眼认出你来，今天我都没认出你来，你们长得太像了。我对我妈说，要不然能叫国旗班吗？您当然认不出来了，我们早已经融为一体了！

还有一件事对我触动很大。有一天下午降旗，当我们从午门走出来的时候，故宫里很多游客跟着队伍一块儿往天安门走。当时，在我身边有一个年轻的母亲抱着儿子，那小孩也就三四岁的样子。由于当时天气特别热，而我们还穿着礼宾服，戴着白手套，出了很多汗，汗味特别重。我能清楚地听见那孩子问他妈妈，妈妈，叔叔身上是什么味儿啊？当时那个年轻的母亲毫不迟疑地说，这就是男人味儿，知道吗？宝宝，你长大后也要做这样的男人，也要有这样的味儿。当时我的鼻子一酸，眼泪立即就在眼眶里打转，这是我听到的最激动人心的评价了。

我在中队是国旗爱国主义教育宣传员，只有自己对国旗理解了，才能更好地向别人宣讲；只有自己感动自己了，才能更好地感动别人。

为了做一个合格的宣讲员，我每天清晨就起床，把营房门前一棵三百多年的古柏当作固定听众；为了吐音更准，我还专门买了一台袖珍收音机，跟着播音员一遍一遍地反复学习；我还专门到中央人民广播电台拜师学艺，请他们把国旗宣讲稿录了音，作为学习的示范。经过千万次的刻苦学习，我克服了嘴形、方言等多种缺陷，成了国旗班一名合格的讲解员。

国旗班的感人故事数不胜数，我可以张口就来，有位老兵在站国旗哨时，脖子被天安门广场上的风筝线割破了一道四厘米长的血口子，鲜血染红了白色的衬衣，但是他继续一动不动地站岗；还有一名战士从驻地向天安门广场城楼行进时，一颗铁钉刺穿了鞋底，扎进了脚底，每走一步，钉子就往肉里扎深一点，但他硬是一声不吭地坚持升完国旗。返回营区脱靴时，脚和靴子早已连成一体，怎么也脱不下来，最后还是用剪刀剪开马靴，好不容易把马靴从脚上拔下来时，血流了半靴筒。我们的战士就是这样用自己的鲜血和忠诚护卫国旗的。

可以说，我与国旗有了一种刻骨铭心的感情，这种感情是神圣的，是父子情、儿女情等任何感情都替代不了的！我的血液、我的骨髓都融进了国旗里面，一辈子都离不开，一辈子都断不了，这也是我们每一个国旗手的心声。

因为时间有限，我今天就讲这么多。我想告诉你们，要成为一名国旗手要付出常人难以想象的努力和代价，你们要有充分的心理准备，同时我也要告诉你们，没有一个国旗手为他们的付出后悔过。

在场的新兵们都被他的讲述深深地感动了，热烈地鼓着掌。崔成感到一种前所未有的使命感油然而生。

接着丁大队接过话筒大声喊道，大家都听清楚听明白了吧，国旗兵不是你们想当就当得上的。来到新训大队，说残酷一点儿，就是一场接一场的淘汰赛，三个月就见分晓。规则很简单，练的科目都一样，这是勇敢者的游戏。如果有能力进入后备大队，后面还有更残酷的淘汰赛。国旗手是最优秀的兵，长得不标准不行，动作不标准不行，心理素质差不行，政治不合格不行。你们现在脚下的这个操场不知走出过多少国旗手。无论能不能当上国旗手，是不是被淘汰，只要在这里待过，就是一件无上光荣的事。三个月的时间能把一个普通人变成钢铁一样的战士，这是哪里都做不到的。从我这里出去的兵都是响当当的好兵，走到哪里都威风凛凛，毫不含糊！凡是能上国旗班的，哪怕就是待一天，走到哪里都是一条好汉。有人说我们是样子兵，没错，我们就是样子兵。做人要有个人样，当兵要有个兵样，我们就是要比所有当兵的都走得漂亮，因为我们代表着军人的最高形象。不管过去怎么样，现在你们已经属于国旗了，属于国家了。今天你们选择了国旗，明天，新训大队将帮你完成梦想！

丁锐每句话都说得高亢有力、掷地有声。他一动不动地站在那里，如同铁铸一般，从他身体里迸发出的巨大能量感染着每一个人。新兵个个听得热血沸腾，心里原本那点儿模糊不清的理想火花迅速被他点燃了。

如果整个训练场有一个灵魂的话，那就是新训大队的队长丁锐，他就是那个身上带有魔力的人，仿佛随时都能指挥千军万马，把参差不齐的新兵凝聚在一起，可以让他们随时冲锋陷阵，即使粉身碎骨也在所不惜。

按标准体形来说，丁锐隐隐有些发福了，但他身上的威风不减分毫。每当他带着新兵演练时，每个人都能感到他坚不可摧的身体所迸发出的能量。他的口令，短促、高亢还有点儿嘶哑，像军号一样嘹亮、提神、刺激，直接击中你的心脏，如同一股强大的力量扑面而来，随时将你无情地吞没。

在所有人心目中，他就是一尊神。

近距离注视丁锐时，崔成发现，他的目光是向上扬着的，一副高傲的样子。丁大队时不时地会到各班去抽查，只要有一个动作不到位，他就会毫不客气地惩罚全班。这阵子朱光明不知怎么的，老是走神。丁锐就会突然出现在他面前，对着他大声说，你在做梦呢？朱光明怔了一下，马上回答说，报告大队长，我正在等您的口令呢。操场上发出一阵哄笑声。丁锐锐利无比的目光四下一扫，笑声立刻停止，他厉声说，算你小子反应快。朱光明说得没错，从现在开始，你们的脑子里就只能有教官的口令。

崔成觉得丁大队长发号施令的样子太有派头了，他的声音就像锤子一样砸在你的心里。

七班，听我口令，俯卧撑五十个，让你们长点儿记性!

一听到他的口令，崔成就像打了鸡血似的，精神陡然长了几分。七班经常会受到丁锐的惩罚，其他班则幸灾乐祸地在一边看着。基本每次都是李英俊引起的，他不是手臂伸展不够，就是耸肩，或者脚踢的高度不够，搞得李英俊每天都生活在心惊胆战之中。有的兵受不了了，找迟班长诉苦，结果却被迟班长毫不留情地给吼了回去，老子还不是一样天天都跟着你们做，你一个农村兵咋这么金贵，这话你还好意思说出口。你老父亲把你交到我手上，我就要负责到底。练几下就叽叽歪歪的，怎么这么没尿性！

牛帅说，听人说丁大队曾经有一个当护士的女朋友，是他在武警支队医院治关节炎时认识的，两个人好了五年多，结果人家还是把他给甩了，跟一个军官结了婚。丁大队绝对是男人中的极品，她真是瞎了眼了。但你有没有发现他火气大，脾气发得凶，他女朋友会不会因为这个被吓跑了？

从牛帅嘴里出来的话，有一半可信就不错了。崔成心想，没想到这么威风凛凛的人，还受过这样的委屈。段世杰说，你胡扯呢，也太小看丁大队了，他要找个对象还不手到擒来？自古美人爱英雄，丁大队往那里一站，哪个女人不动心？你知不知道丁大队曾经收到过多少求爱信，网上说他是军中十大帅哥之一呢。要是栽这么大一个跟头，丁大队这么骄傲的人怎么受得了？这乱听来的还当真呢！

迟班长就是丁锐一手带出来的兵，或者可以说，他就是丁锐的影子。

迟班长走路带着风，脚步落地有声，他要求所有人都要响亮无比地回应他的口令，即使快累倒了也得喊出声来，否则他会皱着眉头走到你跟前让你不停地重复，直到累趴下为止。他给每个人设计的训练量都是那么精确，他简直就是一台仪器，正好把你折磨到精疲力竭、身体快要撑不住的那个时刻。

迟班长虽然没有上过方队，但曾经站过国旗岗。有一次，全班让他讲讲那段宝贵的经历。一提到国旗哨，他便来了劲头，嘿嘿笑着说，国旗哨可是天下第一哨啊，按照规定冬季可以穿棉衣戴棉帽，夏季可以穿短袖衬衣，但因为冬天穿棉衣时看上去太胖，夏天穿衬衣时风一吹，下摆容易掀起来，不美观，所以国旗哨就坚持夏不穿单冬不穿棉，不能有损威武挺拔的形象。

到了夏天那可真难熬啊，天安门广场没有一丝阴凉，最热的时候，地表温度有六十多摄氏度，站在树荫下还觉得酷热难当，更何况穿着厚实的礼服，扎着腰带，头戴大檐帽，脚穿皮鞋，手戴白手套，一动不动地站两个小时。一班哨下来，衬衣能拧出水来，脚都被汗水泡得发白流血了。要是到三九寒冬，零下十几摄氏度的温度，不穿棉衣，不戴棉手套，站岗时虽然戴棉帽，但是不能在白天放下护耳，站两个小时哨，风往衣里灌，还不能缩着脖子，耳朵、手脚麻木僵硬也不能搓手、跺脚，有时候连下巴都冻僵了，下哨后好一会儿都说不出话来。

前年元旦那天，天安门广场挤满了人，当时我是国旗二号哨，上哨没多久，我就感觉有人在对我指指点点的，随后这几个人就一直在我面前站着，直到我下哨了，他们才离开。回营房后，加强哨告诉我，刚才那几个人在争论我是真人还是蜡像，加强哨兵告诉他们是真人时，他们还不相信，硬是等到看到我下哨他们才相信。

还有一个尿裤子的故事呢，绝对真实。去年有个新兵蛋子因为训练吓尿了裤子，今年怎么样？上方队了，还参加了大年初一的升旗呢，后面就是军乐队伴奏，真幸运啊。收队时他专门给我打电话报喜，说裤子可没有白尿，他第一次体会到了升国旗的自豪感，心里美上天了。我告诉他，小子，老子比你丢的人大多了。那年冬天站岗的时候，有泡尿硬是没忍住，站着尿裤子，后来还冻成冰碴儿了，不还是咬着牙纹丝没动吗?

大家也听了不少关于国旗班的故事，但尿裤子的事儿还是头一回听到。

迟班长说，这不算什么稀奇事儿了，国旗班这样的事儿多了。你们想想，当着全国人民的面，你的枪能从肩上滑下来吗？哪怕是一次轻微的晃动都会被看得清清楚楚。练武的第一步就是站桩，你得像一棵树一样完全静止，动容易，想静就难了。国旗岗一站就是两个小时，不管刮风下雨，要做到一动不动有多难！所以啊，作为军人，什么时候都不能失去斗志，不能有丝毫松懈，因为你们只有一百天，转眼就到。国旗护卫队的战士之所以走了一茬又一茬，就是要保证留下最年轻、最强悍、最标准的战士，保持永远旺盛不衰的活力。想知道什么是极限吗？我要让你们知道，在这里的每一天都是极限，你要做的就是突破极限。你们啊，现在连个兵还算不上，能被挑到新训大队，那是你们的福气。我的任务就是要把你们变成分毫不差的机器。

这天，崔成与朱光明、牛帅一起在操场上散步。牛帅问朱光明，你有没有觉得迟班长训练时精神百倍的，但有时候私下里会一个人发呆，话也说得少，人显得挺忧郁的。你不是老看心理学的书吗？咱们班长到底有啥心事？

朱光明不以为然地说，谁还没个心事，不就是愁我们的训练总不达标吗？

牛帅神神秘秘地说，拉倒吧，不是那回事儿。我都打听清楚了，咱们迟班长的命可真苦啊，刚要上方队就得了阑尾炎，位置让别人给顶了。

牛帅也不知从哪里打听来的，说迟班长是上一届的老兵，绝对的尖子兵，训练不要命，经过强化训练后，便顺顺利利地进了国旗班，原本是要做护旗手的。不想上方队的头一天，阑尾炎发作了，动了手术，再回来时，他的位置已经被人顶上了。方队从来是一个兵一个位置，都是千辛万苦熬上的，他不忍心把人家替换下来，就坚决要求下连队带兵。中队拗不过他，答应明年可能的话，再让他重新上岗。而且别看迟班长平常在训练场上叱咤风云，但至今也没有个对象。听说家里给物色了一个农村姑娘，两个人曾经通了几次信，可是那女孩耐不住等待，还是提前嫁人了，这事也对迟班长伤害挺大的。

崔成半信半疑地问，会有这种事？

他一直觉得牛帅很夸张，总能弄到不靠谱的消息，而且自己还老是信以为真。

千真万确，哪个龟儿子骗你啊！牛帅赌咒发誓道，还不止这些呢，前年迟班长担当“两会”的安全警卫工作，有一天领导突然告诉他，说迟班长的弟弟瞒着他母亲打来电话，说他父亲因突发脑出血去世了，让他马上赶回去，而且已经给他订好了车票，让他赶紧收拾回家。当时迟班长听到这个消息，人一下子就懵了，不敢相信是真的，几天前他父亲还给他打过电话呢。当时正赶上安全保卫工作最紧张的时候，迟班长硬是退掉了火车票，直到“两会”警卫任务完成后才赶回了家。他在父亲的坟前哭了一整天，把自己用过的一副手套和“两会”立功受表彰的照片埋在了父亲的坟前。

大家听牛帅讲完，心里都挺不好受的。

朱光明说，怪不得他这么用心，谁遇到这事不憋屈死，这也太难为他了，咱们以后要多理解他一些。

崔成说，可是他也太拼命了，只要达标不就可以了吗？进入预备队才是真正的开始呢。

牛帅苦恼地说，我的体能老是不过关，真是要了命了，心堵得慌，脚总是像踩了云彩，使不上力呀。

崔成调侃地说道，你天天研究吃，从小就比我们会吃；你睡眠又好，睡得像个死猪一样，也不知道你的力气上哪里去了，都放到嘴上了吧？

看得出，迟班长的整个心思都用在这帮新兵身上了，他就是想有朝一日能带着他们重新回到国旗中队，以弥补心中的遗憾。他用心之深，别人是难以理解的，而且他也是一个极其倔强的人，因为他不想再错过了，他要用训练成绩重新赢得曾经失去的荣耀。

第三章　怪兵朱光明（一）

崔成不得不承认，有些人天生就带着优秀的基因，不说别人，就看看身边的朱光明吧，人家的基因就是不一般，那气质天生就一副高高在上的样子，崔成一辈子恐怕也比不上了。

朱光明只要往队伍里一站，就像一棵青松一样，挺拔得让崔成自叹不如。在新训大队的一百多号人中，朱光明人长得白净，身子骨也不弱，而且是真正见过大世面的，还有着几分优雅的气质，真是当国旗手的好材料。他的形象绝对经得起最挑剔的眼睛，怪不得当时挑兵的干部一眼就相中了他。训练了一段时间后，连支队的领导都知道了有这么一个好兵。他不像大多数新兵蛋子显得那么憨直，仅是那眼神和气质就能让人看出他的不凡。

不过朱光明却十分低调，从不张扬，一碰到别人挑衅的目光，就会低着头快速避开，似乎不想惹什么麻烦，但他越是想掩饰，就越是搞得人人皆知。其实他每天都过得如履薄冰一样，可他似乎并不为此感到苦恼。他的眉眼之间像是藏了很多心事，但他的嘴巴无论什么时候都闭得很严。有时他也会露出忧郁的表情，但只是一闪而过，谁也别想深入到他的内心里去。

训练向来是硬碰硬，比的都是真本事。让人佩服的是，凡是训练科目，朱光明只要演练一遍，很快就能模仿得八九不离十，无论是抬腿的高度，还是摆臂的力度，乃至复杂的组合队列动作和连贯动作，他都像是输入了正确指令的机器，精准到了极致。这些超越常人的举止他是如何做到的，没人能够知道，也许这就是天分。朱光明花一个小时能做到的事情，崔成就得花上三个小时。朱光明的天分到底是从哪里来的没人搞得明白。

在前一个月的适应性训练中，朱光明的表现整个班无人可及，他的每一个动作都做得舒展协调，别人的动作即使也能做到标准，但不容易做到有美感。迟班长曾经说过，国旗手的动作不但要求标准而且要富有美感，升旗仪式又不是机器人表演，要有气势，要有美感。

崔成觉得自己踢正步踢得硬邦邦的，走路像根木头，可朱光明就不同。大家也很纳闷，朱光明踢出的正步就是和别人的不一样，但又说不清哪里不一样。连老兵也说朱光明是天才，假以时日，他绝对是国旗班的基准兵。果然，训练没多久，朱光明就成了迟班长选中的七班的基准兵。在十几个人的队伍里，做个基准兵谈何容易！基准兵就像一个圆的圆心，所有人都要围绕着这一个点，基准兵的动作乱了，整个队伍也就全乱了。

崔成觉得自己就是一个普通人，每一步都得努力，少一步都不行。相比之下，李英俊就更惨了，他的训练就像是在和不同的错误进行斗争，不是全身协调性差，就是腰、肩、手臂各行其是，他每天的训练就是纠正纠正再纠正。迟班长说他“顾头不顾腚”，有时笨得让人绝望，但好在他有一点是别人比不了的，那就是越是简单枯燥的动作，他做得越好。只有他能在瑟瑟寒风中一站就是几个小时，毫无怨言，而且不容易伤风感冒，根本不像段世杰的身体那么敏感，三天两头发烧。不过论起跑步来，段世杰却是一流的好手，除了崔成，很少有人是他的对手。七班当中，就数牛帅的身体最皮实了，但他做什么动作都马马虎虎的，就为这个，他差不多天天挨批。

朱光明形象突出，再加上他的身世特别，背后的闲言碎语自然少不了。他出过国，留过学，家里又那么有钱，有人说他之所以跑到这里受罪，不过是富二代别出心裁的培训计划，要在这里镀镀金，回家接班。新兵营就这么巴掌大的一块地方，就是地面上爬来一只蚂蚁大家都看得到。

周围的人一直在打探朱光明的父母是谁，在做什么生意，据说他父亲还进了福布斯排行榜呢。朱光明对家里的事却一向守口如瓶，拒绝任何人的打探，人家爱怎么说就怎么说。全大队中，也只有崔成能接近他一点儿，看来他们最初的一面之缘还挺管用的。崔成有时成了朱光明与周围人的中介，但即使这样，朱光明也只是偶尔向崔成吐露一点儿心声，随即就关闭他的内心。他那副高傲的派头，让所有人看着都不舒服。

每天在操场上进行队列练习时，大家都会忍不住把目光投到朱光明身上，那目光里有嫉妒也有好奇。而他根本就没把别人的目光放在心上，好像对外在世界有着天然的免疫力。牛帅曾经打赌说，朱光明过不了一个月就会熬不住走人，富人家养出来的细皮嫩肉哪里能经得起这样的风吹雨打？可朱光明偏偏很争气，训练时的表现格外突出。这让牛帅十分惊讶。

因为独特的身份和个性，朱光明自然被周围的人有意无意地孤立了起来，甚至大部分的人根本都不相信他有一天会进入国旗班。

大家都知道朱光明很依赖崔成，总是看到他们走在一起，因此传来不少闲话，说崔成平常就收了朱光明不少好处，他有意去巴结朱光明，就是想以后找到一条生财之道。这些让崔成感到很委屈，便向迟班长抱怨。迟班长听后叹息道，现在的兵啊，一年一个样，思想都太复杂了，居然会想到这个。

尽管朱光明是富家子弟，迟班长却也并没有因此特殊照顾他，该怎么训练还怎么训练，没有任何偏袒，这一点让崔成挺服气的，迟班长总是能一碗水端平，不袒护任何人。

崔成其实最清楚，朱光明的内心有时挺孩子气的，并不像表面上看起来那么成熟坚强。他的自尊心太强了，又太好面子了，有时显得很刻意，这一点他就远不如牛帅成熟。牛帅说过，面子其实是最不值钱也是最害人的东西，没啥用处。

朱光明不合群的另一个原因就是他有洁癖，这在部队里简直是不可想象的。他的东西别人碰都不能碰，而和大伙儿一起吃饭成了对他最大的考验。富人家的孩子毛病真不少啊，他的军训服从来都是干干净净的，脸从来也是干干净净的，叠豆腐块被子他也是第一个学会的。段世杰说他一定有强迫症，牛帅说他是驴粪蛋表面光。

为了克服他的这个毛病，迟班长特意安排他打扫厕所，不一会儿他就捂着鼻子出来了，呕吐了几次，说他闻不得尿臊味。迟班长当场骂道，你的尿没臊味啊，太矫情了，你以为你是玉皇大帝呢，以后扫厕所的活儿就是你的了。

朱光明还有着许多令人叹为观止的生活习惯，几时起床、几时上厕所，他都能做到分秒不差，这倒是和军营的生活很合拍。段世杰私下里曾对他进行过一番研究，说只有极度缺乏安全感的人才会这样，只要一到关键时刻他准会挺不住。果不其然，大队会操比赛的头天晚上，朱光明就开始恶心呕吐，靠藿香正气水才算止住。牛帅与他截然相反，平常训练马马虎虎，一到会操比赛反倒精神百倍、不落人后。

为此，迟班长私下里经常找朱光明谈话，对他说，你不止一次看过队列演习的录像了，到了那个场面，根本没有什么预演，抬腿就得上，而且要保证零失误，这心理关你一定得过。还有一点，你看看为啥国旗方队就像是一个人似的？因为大家的呼吸都是连在一起的，甚至连心跳的频率都是一致的，因为国旗班最终突出的是团队精神，你得多和人接触沟通，老是单打独斗可不行啊。朱光明点点头表示认同，然后认真地说，班长，我知道自己的缺陷，我尽量改吧！

这天夜半时分，全班人都被一声毛骨悚然的尖叫声惊醒了，那声音像是受到了极为恐怖的刺激才发出来的。发出这种声音的人，居然就是朱光明。崔成猛地一下睁开了眼睛，推了朱光明一把，而这时的朱光明却像没事人似的，翻了个身，随即又睡了过去。

惊魂未定的牛帅一边拍着胸口，一边说道，吓死人了，朱光明一定是发癔症了，也不知道做了什么噩梦。顿了顿，他又不无抱怨地补充道，这么玩命的训练，不做噩梦才怪呢！

段世杰接过话来，不以为然地说道，朱光明的心思重，有啥都藏着，不肯对人讲出来，估计是压抑太久才会这样的。

一帮人就这样被朱光明弄醒了，只有李英俊一个人不为所动，继续打着呼噜，大家恨得牙根直痒痒。李英俊曾经对他们说过，自己站着都能睡着。

第二天早晨起来，大家向朱光明说起这件事，问他怎么了。朱光明一脸惊奇地否认说，什么噩梦？自从到了这里，我一个梦都没有做过，真的。当兵前倒是天天做梦，从来没有睡踏实过，只有靠酒精的麻醉才有点儿效果。

但是，不论怎么说，这一声出人意料的尖叫，还是让人觉得朱光明的确有不正常的地方。

军营就是军营，和任何别的地方都不一样，在这里是一切都按规矩说话，即使整理被褥，摆放牙刷，放置脸盆，都得用尺子来量。朱光明看起来倒是挺习惯这一点的。崔成因此怀疑他过去过的是什么样的生活，难道不是饭来张口衣来伸手吗？于是就问他在英国的学校都学了些啥，朱光明说在那里也是封闭式教育，与外界的联系也很少，生活学习样样都得靠自己打理，自律自立是最基础的必修课。英国人认为想成大事得从管束自己开始，放纵的习惯是坏的品性。崔成说没想到资本主义要求也挺严格的啊！

朱光明说，你肯定不相信，其实我来当兵就是想吃苦的。当时我就问招兵的人，哪种兵最苦，人家就说国旗兵，正好我的身体也挺符合条件。我爷爷说得一点儿没错，苦才是人的根本，汗流得越多我越踏实。

听了朱光明的话，崔成一脸茫然，问道，你到底是什么材料做出来的？我算是彻底让你给弄糊涂了。

有一次进行站立练习，时间是两个小时。崔成觉得保持一个姿势一动不动简直就是酷刑，而且正赶上刮冷风，他浑身酸痛，希望风能再大一点儿，好让训练的时间缩短一点儿。

牛帅只挺了半个小时，整个人就无力地瘫坐了下来，看来脑子里的美食也没帮上什么忙。他曾经得意地说，一到熬不住的时候，他就想着饭菜出锅的那一刻，一道菜能管个十几分钟呢。崔成想上前搀扶他，但被迟班长喊住了。迟班长走向前去，一把就将牛帅拉到一边去了。

第二个是李英俊，好在他并没有倒下来，但是由于支撑不住，他的身子已经蹲了下来。一旁的迟班长望着他喊道，李英俊，不行就出列一边去！李英俊听了，哭丧着脸，又摇摇晃晃地站起来说，报告班长，我行的，这是我的强项，只是昨天没怎么睡好。

崔成瞄了一眼朱光明，看他正咬牙强撑着，就挑衅地向他笑了笑。段世杰眼瞅着已经摇晃起来，看来也撑不了多久了。这一次，朱光明和崔成较上劲了，身体一动不动，如同石塑一样。身上的汗水流下来，被风一吹，冰凉异常。渐渐地，崔成感到身体的每一块骨头都打起战来，似乎整个身体是积木搭就的，瞬间就会散落一地。

可他不想输在公子哥儿手里，那多丢人啊！他吸了几口气，身体那股强悍的力量又恢复了过来，他又像一棵松树一样站在了那里，直到半小时过去，朱光明一下子瘫坐下来，他才缓缓地吐出一口气来。

部队的生活让朱光明改变了许多，过去他吃饭总是挑三拣四的，现在完全不同了。训练一结束，他看起来好像比谁都饿，不再挑剔，不再摆派头，也不再掩饰，他的吃相看上去甚至有点粗俗，全然一副贪婪的样子，他像是要把每一粒米、每一根菜叶都嚼烂了咽进肚子里。

没事的时候，朱光明就会捧着他带来的那些心理学方面的书籍看。

崔成问他，你天天看这个有啥用？部队里又用不着心理学家。朱光明扬扬手里的书，有些不屑地说，这你就不懂了，读书是培养大脑的，用处大着呢。当兵也要当个有头脑的兵，谁也不会一辈子都当兵。从心理学角度分析，一样的训练、一样的科目，换在每个人身上，想法都不一样。

你别故弄玄虚，崔成说，还不都一样，大家心里都奔着国旗班去呢！

朱光明嘿嘿地笑了笑说，那可不见得。同样是训练，想法不一样，结果就有差距。不信我给你分析一下，我的情况你都知道了，我原来的想法很简单，就是进部队换一个活法。其实我挺享受现在的生活的。说实在的，我这人心高气傲，怕人家笑话，所以要求每一个动作都标准、漂亮，说起来不就是自尊心强嘛！

我呢？崔成问，他觉得朱光明说的倒有几分道理。

朱光明目光闪烁地说，你不说过嘛，为你父亲在人家面前争面子。我发现，你父亲对你的影响太大了，他连你复员回去的事都给你安排好了，不是吗？

我再给你说说其他几个人，朱光明想了想说，牛帅呢，不能说他没有理想，但他太随性了，走一步看一步，训练对他来说就是负担，完成了就开心了，完全凭个人心情。其实咱们班里最有头脑的应该是段世杰，他才是聪明人呢，做什么都是有步骤的。你没有看他现在就在用功学习，准备考军校吗？他心中的目标是陆军指挥学院，进国旗班只是其中的一步，人家比你看得远多了。

崔成说，这么一说，我们想进国旗班的动机都不纯啊！

朱光明说，那不能这么说，谁还没有点儿私心杂念的？要说动机最纯的就是李英俊了，他想进国旗班完全是出于热爱，这一点谁也比不了。他觉得这是一件相当神圣的事，所以训练对他来说就是享受，他每时每刻都会觉得离国旗班更近了，他才是最纯粹的兵呢，也是一个幸福的兵。他虽然笨了点儿，但是，只有真正的喜爱才能做到最好，我现在就把话放在这里，李英俊是最有可能进入国旗班，你信不信？

朱光明在说这些话的时候，完全是一副预言家的派头。崔成觉得朱光明这人真不简单，经他这么一分析，一切都显得这么合乎逻辑。他想了想，便又追问道，我们就没戏了呗？

朱光明说，那倒不一定，这么短的时间，暂时还分不出高下。路遥知马力嘛，再过三年五载的，李英俊肯定是国旗班最优秀的兵，这一点确信无疑。

说起来，朱光明在平常的训练中是没有半点娇气的，即使最普通的立正稍息，他也是一遍一遍地练习，毫无怨言。但对他来说，五千米长跑好像是一座难以逾越的大山，而在所有项目里，跑步是最能锻炼人身体协调性和体力的。比起别人，段世杰就知道分配体力，他毕竟是经过训练的，跑起来很轻松很专业。

朱光明上气不接下气地对崔成说，我的肺都要炸了，实在喘不过气来了。

崔成看到朱光明快要崩溃的眼神，安慰道，你跟着我跑就是了。

不行，我真的不行了，说着朱光明就瘫坐在地上不动了。不知什么时候，丁锐疾步走过来，上前踢了他一脚，说，给我滚起来，别在这里丢人，你就是爬也得爬到终点。崔成想要上前搀他一把，被丁锐拨拉到一边。跑你的，别管闲事。这个瞬间，崔成看到朱光明的眼泪掉下来了。丁锐最后还是心软了，让崔成搀扶着朱光明，一步步往前跑去。崔成听到他急促的呼吸声，担心地问他还能不能坚持下来，想到一向养尊处优的他，如今连滚带爬地在这里接受训练，成为众人的笑柄，他就替他感到难过。

一班长范长江带着他的兵齐刷刷冲在队伍的最前方，一副志在必得的模样。再看看七班，才跑了3000米，牛帅、李英俊、朱光明，还有其他几个兵，已经落在了队伍的后面，脸色一个个都白得吓人。

终于到了终点。朱光明被扶回宿舍后，让崔成从自己的箱子里取出几块巧克力，嚼了两口，才缓了过来。几个人不禁感叹道，没想到训练这么苦。段世杰突然发现了什么，问道，牛帅呢？一个战士回道，他可能又去别的班攀老乡了，要不他的消息一向那么灵通呢！这话说完不一会儿，几个人就看到牛帅鬼头鬼脑地进了屋。段世杰用鼻子闻了闻说，好哇，你小子又到厕所过瘾去了。牛帅两手合十哀求道，祖宗啊，千万别告诉班长，他非得揭了我的皮不可。我这不是累得不行了吗？一点劲儿也没有了，这才吸一口提提神。我还是头一次累得蹲厕所都起不来了，连尿都尿不出来，我才明白活人叫尿憋死这句话。都这么惨了，班长肯定会通融的。大伙都被他的话逗乐了，班里有这么一个活宝，日子好过了不少。

崔成问牛帅这次长跑有什么感觉。牛帅说，啥子感觉？没感觉，实在受不了，我就想我的美食呗，可惜你们东北没啥像样的菜。

后来迟班长安慰他们说，一班是比我们强一点儿，但也不至于强到赶不上，只要你们有信心。什么东西最有力量？那就是强烈的愿望！牛帅在一旁说，迟班长说得对，看奥运会拿长跑冠军的都是非洲人，又瘦又弱的，不就是能吃苦嘛。

迟班长向几个人看了一眼，意味深长地说道，人什么时候都不能输了志气！

第四章　怪兵朱光明（二）

不知何故，朱光明开始拉肚子了，每天早晨还会鼻腔出血，堵也堵不住，那情形看上去确实有些吓人，但他死活也不让崔成说出去。

这天下午，进行站立训练时，朱光明实在支撑不住了，便向迟班长请了假，被崔成扶回了宿舍。

躺到床上，朱光明说道，你说怪不怪，我还是头一回想家了。此时此刻，崔成看到朱光明那张英俊的脸因为痛苦而变得扭曲。听了朱光明的话，崔成大感惊讶，他还从没有听他主动提起过家事，仿佛他家里的那些亲人都与他无关似的。

窗外传来响亮的口令声和新兵们随令而动的脚步声。训练一直在不间断地进行着，此时的宿舍显得空荡荡的。

朱光明自嘲地笑了笑，接着说道，我家人见我现在这副德行，不知做何感想。来这里全是我一个人的主意，怨不得别人。在家中所有人的眼里，我就是一个十足的废物，除了吃喝玩乐什么也不会，甚至寄生虫也做得不怎么样。我来这里就是想做出点儿什么证明给他们看。

崔成还是头一次看到他脆弱的一面，他以前一直觉得朱光明是个心冷如冰的人。顿了一会儿，朱光明怔怔地望着窗外说，我来这里，你们一定觉得很奇怪，一个富二代八成是抽风了。我知道你们是怎么想的，其实我并没有那么光鲜，甚至有些可怜。他的脸上带着自嘲的神情，好像攒了一肚子的话想一下子全部倾诉出来。

朱光明继续说道，是的，我除了花钱什么也做不好。去年出了一件大事，我实在没有活下去的勇气了，天天做噩梦，失眠了两个月，后来总算好一点儿，但也要喝点儿酒才能睡着，成了实实在在的废人，再那样下去整个人都会毁掉的。是我爷爷提起了参军的事，当时我就动心了，觉得找到了一线生机。当时我的身体很差，就报名到一家健身训练中心进行康复式训练，还把酒戒掉了，但家人觉得我是闹着玩的，肯定坚持不下来。没想到我真的要参军了，倒把他们吓坏了。

崔成望着朱光明，像听传奇故事一样，目瞪口呆。

发生了什么大事？崔成问道。

朱光明似乎后悔刚才说漏了嘴，咬着牙，沉默了片刻，这才说道，一件天大的事，我现在想都不敢再想。有一天我会告诉你的，但现在不行，我的心里还没有走过那道坎呢。

朱光明苦笑着继续说道，说实话，这些话我只对你一个人说，因为在这里，你是我最信任的人。我从小就习惯了自暴自弃，没有什么朋友。我一个人瞒着家人报名参军，接兵的干部说武警招国旗兵，当时我还不信，专门上网查了资料。一看到国旗班的升旗仪式，听到齐刷刷的脚步声，我的心就怦怦地跳，感到莫名的骄傲和兴奋，突然觉得那才是我真正想做的事。那一刻我心里好像突然亮堂了，我就是想让所有认识我的人都能在电视上看到我，重新认识我。说实话，刚开始训练的时候，我说不上有多开心，觉得自己被汗水一遍遍洗干净了，内心再没有罪恶感了，人也变得阳光起来。我来这里其实是为了拯救自己。看来人不吃苦是不行的，尤其是我，在我家那种环境里想吃点儿苦挺难的。

我长大成人受的所有苦都不如在军营里一天这么难熬，我头一次感受到好似骨头裂开一般的痛、汗水侵蚀毛孔的刺痛，连皮肤的感觉也变迟钝了，肺好像随时可能会炸裂，肌肉硬得像石头一样，但吃的这些苦，受的这些罪，却是我心甘情愿的，没有半点儿委屈。我现在只想抽根烟解解乏。你不知道，很长一段时间，我觉得自己就像一个游魂，我和生命隔了一层，对快乐、痛苦失去了感觉，我到这里只想找到生命的感觉。我父母天天只知道做生意，生意对他们来说不只是钱，是一切。说句不夸张的话，甚至咱们用的训练器材都有可能是我们家族的公司生产的，只要我愿意，他们可以安排公司为我随时做好一切事。你知道吗？我在这里重新知道了汗水，知道了寒冷，知道了疼痛，我就像一个曾经全身麻痹的人，正慢慢恢复所有的知觉。在这里，我知道了友情，我知道了奉献，我知道了忠诚，我甚至希望训练更加残酷一点儿。我知道有一天我会成为国旗手的。

以前我从来不知道什么是爱，我不爱父母，但有一点儿喜欢爷爷，从小到大就他最心疼我。你无法了解我的感受，我当国旗手，不是因为骄傲，或是别的，而是为了恢复成正常的人，说起来有点儿难以置信。真的是部队拯救了我，让我真正成为一个人，迟班长说得没错，变成真正的人。

朱光明额头上渗出虚汗，身体看起来很虚弱，但今天他说话就像开闸泄洪一般，滔滔不绝。说到这里，他突然又话锋一转，望着崔成说道，最近我觉得自己的状态有点儿不对了，而且控制不住，特别想回到以前的生活，忽然间觉得无所事事是那么美好，天天想着泡酒吧、飙车，有时候就像毒瘾一样发作，浑身痒得难受，难以克制。我有时觉得每天像机器人一样练习队列、出操、做仰卧起坐，简直是小孩子一样的幼稚把戏，好容易建立起的自信心就要被摧毁了，你说我是不是有点精神分裂了？

崔成十分同情地看着他，他平常最见不得别人一副婆婆妈妈、灰心丧气的样子，心里不由得想，做个富人还真不容易，吃点儿苦就这么多愁善感、叽叽歪歪的。于是开导道，别开玩笑了，你现在不是好好的吗？你来这里就对了，一定能调整过来的。还是丁大队长说得对，没有比部队更锻炼人的。

朱光明说，你不知道有时候我感觉自己快要爆炸了，人马上就要发疯了。

崔成看着他有点儿扭曲变形的脸，心想朱光明真是身在福中不知福啊，心里不由得一阵苦笑，一个富家子弟向他诉苦，当初他怎么想到来部队的呢？于是他便劝道，当兵本来就是吃苦的，你没有听迟班长说吗？现在每个人都要过心理适应期，我也一样啊。过了之后就没有那么苦了，并没有想象得那么难。再说了，你可以随时撤出啊，又不会有谁说你的，本来大家就觉得你在这里待不长的，不过我可不希望你好容易走到这一步又前功尽弃了，我理解你的苦处。崔成一边安慰着朱光明，也一边在心里安慰着自己。

朱光明的胸口一起一伏的，里面像正酝酿着风暴。崔成这段时间其实还是高看朱光明一眼的，觉得一个公子哥儿能挺到现在真是不容易。而且迟班长还说过，朱光明进步最快，完全可以做全大队的基准兵。

听着朱光明不间断地倾吐着心声，崔成不忍心打断他，任他说吧，说出来他心里也许会好受一些。

朱光明最后咬着牙说，我会挺住的。你不知道我一直被看作是家里的废物，这次绝对不能再让他们低看了，绝对不能！可一想到后天的会操比赛我就犯愁。

崔成心想，富人就是不一样，连心思也这么复杂，和平时从不拖泥带水的表现完全判若两人。于是继续安慰道，你一点儿问题也没有，就是精神太紧张了。支队领导下来又怎么样，正常发挥就行了，练啥样算啥样吧。再说是全班一起上，跟着做就是了，就是你太当回事了。战略上重视，战术上蔑视嘛。我相信你，一个月都挺过去了，再咬咬牙熬过下两个月，你就成功了。

朱光明点点头。他总算宣泄完了，长长地出了一口气，心里好受了不少，刚才苍白的脸也逐渐恢复了血色。这时走廊传来了说话声，崔成估摸着下午的训练也快结束了，便对朱光明说，晚饭我给你打回来。你放心，今天你说的，我不会告诉任何人的。

朱光明感激地看了崔成一眼，开始闭目养神。这时，班里的人都进来了，牛帅瞧了一眼朱光明，对崔成说道，一个人躲清闲呢？假装照顾病号呢？朱光明和崔成都没搭理他，其他人对朱光明唯我独尊的派头一向很反感，现在也没人过来安慰两句，唯有李英俊走过来问了问情况。

迟班长上前关切地问，后天能上吗？

朱光明支起身体说道，班长，我躺一下就好了，会操我肯定要上的，绝对不会拖大家的后腿。

迟班长说，你用不着硬撑，身体跟不上还不如不上了，我和丁队长说一下就行了，会操每个月都有，不差这一次。

尽管朱光明一直在回绝着家人的探望，可是，当他从电话里得知爷爷要到英国动腿部手术并顺道来见见他时，他最终还是答应了。

会面的地点是指导员宋和平的办公室，屋子不大，几个人进去就挤满了。朱光明死活要崔成陪着他一起去，朱光明不想让别人觉得他得到了什么特殊待遇，再说他也不想在这个时间见家人，怕他们一见面就哭哭啼啼的。一提到家人，他的语气中总透露出某种说不出的伤感。

见面这件事虽然没有声张，但是在这样一个封闭的区域里，就是有一只苍蝇飞过都会被人发现的，何况像朱光明这样一个引人注目的人物呢？

朱光明的家人是坐部队的中巴车来的，声势倒没有浩浩荡荡的，一共来了四个人，朱光明的爷爷朱成功，妈妈吕斯青，家里一个姓陶的阿姨，从小一直照顾他，还有一位专职私人医生。

据说这次见面是经过支队领导同意的，丁锐最反感这种事情。朱光明像是听到了什么才刻意拉上了崔成，好让这件事看起来像是公事公办的样子。

打开房门时，几个人怔了一下。紧接着，一个打扮光鲜、穿着讲究、化妆精致的中年女人突然扑了上来，一把将朱光明搂住了。她一边流着眼泪，一边举起手来不停地在朱光明的脸上摩挲着，嘴里不停地说着瘦了黑了的话，弄得朱光明一脸的难堪。行了，妈，还有旁人呢，朱光明提醒道。

屋子里还有一个坐在轮椅里的老者，正目光灼灼地盯着朱光明，他满头的白发，梳得纹丝不乱，后面站着一个发福的中年妇女和一个长相斯文的男子。朱光明扶正怀里的母亲，喊了一声爷爷。老人穿着一身中式服装，一手拄着一根光滑的拐杖，一手颤巍巍地向朱光明招了一下。朱光明来到他跟前，俯下身来，老人一边抚摸着他的头，拥抱了他一下，如同家族仪式一般，一边清晰地说，听说你连爷爷也不想见了？

这话刚落，后面的陶阿姨就上前拉着朱光明的手，抹着泪说，老爷子，别难为孩子了，光明瘦是瘦了点儿，可结实多了。

老人说话有点儿哆嗦，说了一句之后要停顿一会儿，然后积攒力量才能再说两句，但他威严的气势还在，好像要表明，即使再老他都是这个家族的中心。

朱光明的母亲擦干了脸上的泪，然后说，你爸爸这次去美国谈生意了，没办法赶回来看你，他让我告诉你，那件事已经办妥当了。当她说“那件事”时，看了崔成一眼。

朱光明说，崔成是我最好的朋友，当他的面说什么都没关系的。得到朱光明如此的信任，崔成心底涌出一股暖流，连忙说，我还是在门外等着吧。朱光明拉着他，用近乎哀求的口吻说，你一定得陪着我，我不想让丁大队说我搞什么特殊。

老人接着说道，夏天天的骨灰已经埋在杭州最好的地方了，就是夏伯伯的茶园里。光明，事情已经过去了，夏家已经原谅你了。老人轻描淡写地说着，怕哪一句话会伤着朱光明似的。这时，朱光明的母亲从包里掏出一个信封说，这是夏伯伯写给你的信，他知道你是无意的，里面还有他亲手采的茶，表示他真的原谅你了。

崔成愣了一下，这才想起朱光明向他说的那件“大事”。

朱光明抽泣起来，接过那封信问道，你们没有逼他们?

陶阿姨在一旁说，傻孩子，你怎么会这样想呢？已经过去大半年了，他们也想通了，当时人家也伤心嘛，就这么一个宝贝女儿。一切都是意外。一个家里的保姆能如此说话，可见她在朱家的地位。

朱光明收住泪恨恨地说，我永远都不会原谅自己，一有时间我就会回去，我会补偿她家的。

一家人在崔成面前如此坦诚地谈论一件大事，这让他感到心惊胆战的。

老人用拐杖点点地，示意终止对这件事的谈论，之后费力地说道，爷爷让你来部队，不是让你来吃苦悔过的，是要让你真正成为一名军人。这件事我前思后想过，过去我们只想让你享受，这是做父母的天性，但这也是最愚蠢的，再这样下去，会把你毁掉的。发生了那件事之后，爷爷才下了决心。爷爷是做过军人的，现在看你这个样子，心里别提多高兴了。

朱光明意识到会见的时间差不多了，便有些恋恋不舍地看着家人说，妈，你以后千万别再去找部队的领导，那样影响很不好，也别再老给我寄东西，我到这里又不是来享福的，再说，部队里什么都有。爷爷，您到英国动完手术一定要告诉我，您要保重啊，等着看我升国旗。

朱光明的母亲又扑过来，搂着朱光明，哽咽不已，像是生离死别一般。最后，老人带着恳求的口吻说，别忘了你和爷爷的约定，无论能不能上国旗班，三年以后一定得回家，爷爷不知还能活多久啊！

朱光明攥着老人枯瘦的手臂说道，放心吧，我听您的，我不会让您失望的。反正我不会做逃兵的，我一定会让您看见我升旗的！

崔成在一旁忍不住说道，爷爷、阿姨，光明一直表现得很优秀，教官说他最有希望成为国旗兵的。

说到这里，朱光明起身向家人行了一个标准的军礼。接着，他拉起崔成，头也不回地走出门去。

晚上正好轮到他们两人站岗，崔成眼瞅着朱光明几次欲言又止，知道他有话想对自己讲。果然，朱光明说道，那事也就不瞒你了，今天你也听了个大概，你不是一直想知道发生在我身上的那件大事吗？索性我今天就完完整整地告诉你吧。

那件事对我简直是灭顶之灾，你听过就忘了吧，千万不要告诉第二个人。这里所有的人都知道我家有钱，钱有多少你是无法想象的。我现在都不知道我们家族有多少个公司，反正我家的亲戚都在做生意，服装、煤炭、房地产、餐饮，说起来你也许不信。我有三四辆跑车，那只是我的普通玩具而已。我在英国上中学不假，而且是英国最好的中学之一，但我没上多久就受不了了，那个地方闷得要命，我待在那里都快要发疯了。去那里是妈妈的主意，那里有人照顾我，因为我家在英国也有生意。我最大的快乐就是一个人玩电子游戏，开改装好的赛车，尤其是酒醉之后。你知道什么叫作感觉丧失吗？那就是对任何事都失去了兴趣，因为我什么都不用做，就有人把我想要的东西送到跟前。说起来很丢人，我居然有一个怪癖，爱在商场偷东西，因为我要用自己的方式拿到，才能感觉到自己的存在。这太荒唐了，我总觉得自己哪一天就要完蛋，真的。

后来，我被学校赶出了校园，不得不回了国，让家里人失望透顶了。回国后，我基本上天天泡酒吧，半夜再和一帮狐朋狗友在马路上飙车，就像你在新闻里看到的那样，直到我认识了夏天天。她是我妈一个朋友的孩子，在一所学校里学绘画，人文文静静的，就像一只高雅优美的瓷瓶，非常圣洁高贵。第一次见面时，我看得出她并不喜欢我的，但我却被她彻彻底底地迷住了。

现在想起和她在一起的每个情景，我怎么也忘不了。我第一次跟母亲去她家时，一眼就看见夏天天正缓缓地拉开一面土黄色麻质落地窗帘，我被那个场面吸引住了。早晨清冷的光线浮在她瓷器一样的皮肤上，丝质裙子的一根吊带从她的肩头滑落，她赤裸的手臂竟那么细弱。她看上去心平气和、全神贯注，如同置身于一个空旷的舞台上，整个人与灰蒙蒙的天空融在一起。还有一个天气微凉的下午，她穿着一条很时尚的白色短裤，露出两条修长而圆润的腿，手里笨拙地拿着一只网球拍，她清亮的笑声回荡在四周。我站在树荫下定定地望着她。球四处飞旋，她不厌其烦地追逐着球，像一只在阳光下翩翩起舞的蝴蝶。

现在不定某个时刻，那些印象便如惊涛闪电一样涌上我的心头，尤其是那天清晨发生的一切，简直伸手就可以触摸到，也许是内疚唤起强烈的记忆吧，我的眼前总是出现与夏天天在一起的每一个细节，心立刻就像被挖了一个大洞似的。

她长得并不算漂亮，就是看着心里舒服。她从来不化妆，看见她我就觉得温暖如春。其实她根本看不上我这样家庭的子弟，而我对她却像着了魔一样，神魂颠倒。

这算是我第一次真正的恋爱，她经不起我疯狂的追求，于是答应只要我回英国完成学业，改掉那些坏毛病，就做我的女朋友。我当时欣喜若狂，为了她，我什么都愿意做，我愿意摆脱各种恶习，我感到她的出现就是来拯救我的，她是我的天使，现在我还感觉她在天上保护我呢。在她面前，我找到了自信。她看人的方式和别人不同，她让我觉得我是一个有用的人，只不过暂时迷了路。因为她，我开始对自己做过的事感到后悔。我不是废物，不是懦夫，我只是被自己蒙蔽了，我被宠坏了。她为我画了一幅画像，现在还一直留在我家里呢。

就在回英国的前几天，我约她出来吃饭。那天晚上，我想在她面前显摆一下车技，就拉她出去兜风。我的车技确实不错，只是那天我太兴奋了，之前还喝了些酒，不过我酒量大，根本没当回事。那天我们聊得很开心，车开得也很快，我和她完全没意识到。那只是几秒钟的事，当我从一个路口转弯的时候，一辆载重货车突然出现在眼前，我根本来不及反应，就听到她最后的尖叫声，而且清清楚楚地听到了她骨骼碎裂的声音，然后什么都没有了，一切就这么消失了。我亲手毁掉了一切。事情大概就是这样的。

朱光明尽量说得缓慢些，他怕控制不住自己的情绪，但他的身体还是不停地颤抖，终于巨大的悲伤与悔恨如山洪一般爆发了，哭声像是撕心裂肺的尖叫一样。我是罪人，不可饶恕，我这种人怎么配得上这么好的女孩呢！崔成被他异乎寻常的经历吓坏了，不知道怎么安慰他，只能听任他发作，这样也许会让他好受一些。

朱光明平复情绪后说，你大概明白了吧，我来这里，一部分原因也是因为她。现在我的腿肿了，浑身酸疼，累得爬不起来，但心里还是高兴的，我觉得疼痛是对我最好的惩罚。同时我也知道，如果天天在天有灵的话，她也一定希望我有一天会重新站起来的，不愿看到我倒下。

崔成默默地听着朱光明讲完这一切，他第一次完完全全地理解他了，既替他感到心痛，又为他感到骄傲。崔成心想，多亏他来到部队，这里不但能治疗他心中的伤痛，而且真的能把他变成一个坚强而成熟的男人。

第五章　常小美事件

那天崔成和牛帅正在练习扶墙顶砖，因为他们站立时，脖子都不够挺直，这是迟班长告诉他们的最管用的办法。他们晚上睡觉的枕头早就撤掉了。牛帅的脖子有点短，顶起来龇牙咧嘴的，非常费劲；崔成咬着牙纹丝不动。牛帅愤愤地说，没有想到你这娃儿还是个奥特曼呢。正说着，迟班长一脸阴沉地走了过来。

崔成，你来一下。

听到迟班长叫他，崔成的心扑通跳了一下，突然有了一种不祥的预感，忐忑不安地跟着迟班长来到操场边。

常小美，你认识吧？迟班长黑着脸问。

听到这个名字，崔成的脑子里“嗡”的一声，立刻手足无措起来，好像做了见不得人的事一下子被揭穿了一样，简直无地自容。他支支吾吾的，不知如何答话。

你这个兵还真是复杂啊，女朋友都找上门来了，而且是北京的女朋友。人家说这事时我还不相信，就给你打了包票。迟班长十分不满地说。

崔成连忙解释说，班长，你误会了，真不是什么女朋友，就是普通的朋友，在北京做生意时认识的，她是我的一个客户。我们已经有大半年没有联系了。

迟班长恨恨地说，少来这一套，没有那个意思人家会找到这里来？知道这里是什么地方吗？绝对的军事重地，接访都要特批的。那个常小美的妈妈可真是不简单，托人都托到这里了，要不是老首长亲自说话，她们早就被丁大队撵出去了。你跟我先去见人吧，等回来再和你算账！

常小美是崔成跟着亲戚赵老六在北京做土特产生意时认识的。

常小美是个地道的北京女孩，在一家电信设备公司做前台工作，公司的老板是个东北人，经常在赵老六的店里采购一些土特产作为送客户的礼物。崔成一直负责开车接送货，这么一来二去，两人就熟悉了。常小美性格开朗乐观，做事极有分寸，见过大世面，很能揣摩人的心思。

在赵老六那里做了一段时间后，崔成觉得赵老六做生意一点儿也不活泛，就决定自己开一个摊。这还是常小美帮他出的主意，而且帮他在西城区租了一家店铺，价格公道，还帮他拉了一些客户。常小美十分聪明而且善解人意，做这些事的时候，她显得轻描淡写，并不让崔成感到尴尬，也不觉得心里有什么压力。

常小美极力想把他拉进她熟悉的圈子里，崔成明白她的用心，她希望崔成能迅速地入乡随俗，融入北京的生活。她在一群人中间总是最活跃的一个，有时会很疯，那是属于她的天地。她把崔成介绍给她熟悉的每一个人。她天生喜欢热闹，有着一大帮说不清来处的同龄朋友，干什么的都有，大多都是她的同学。他们天南海北地谈世事、谈饮食、谈明星、谈服装……他们似乎在热闹和放肆中找到了乐子，以此冲淡了日常的烦恼。一到这个时候，崔成就觉得自己是个局外人，觉得他们谈的事大多都与他无关，他也不太感兴趣，即便每件事都那么新鲜而陌生，但说到底也不过是吃喝玩乐。他只能在一旁附和，笨拙地点头。他很想努力地适应，但总觉得假，每次聚会结束后，他心里总是空落落的。常小美总是安慰他说，再过个两年三年，你什么都会适应的。

记得那次常小美过生日，崔成给她买了一条丝绵的围巾。他知道她喜欢那个牌子的服饰，去买时才知道昂贵的价格不是他能负担得起的，但还是咬牙买了下来。常小美的家境非常优越，收到礼物时，她也没有言谢，随随便便撕了标签就围在了脖子上，根本没当回事。那天吃完饭，她带着一群朋友来到KTV的包房里玩，常小美喝了不少酒，嘴里还叼着烟，当着众人的面一个人跳起舞来，简直可以用疯狂来形容，她拼命地扭动身体，一副无所顾忌的样子。崔成没想到她柔软的身体竟有这么强烈的能量，尤其是她的眼睛里露出的神色，这是崔成万万不能接受的。

还有一次，他们钻进了后海闹哄哄的人堆，找了一家靠近水边的酒吧，在烛光下喝红酒。有一个歌手在流动的船上深情地模仿费玉清，唱着一首首老掉牙的情歌，很是清脆悦耳——是常小美掏钱让他唱的。崔成无聊地看着月光洒在波光粼粼的水面上。有个调酒师在哗众取宠地表演，崔成漫不经心地听着各种歌声飘来飘去，和常小美之间像被什么隔着，模模糊糊的。常小美叽叽喳喳地说着，而他什么也听不到。他知道自己根本融不进她的生活。

崔成觉得自己和常小美的差距太大了，而她在朋友们面前总管他叫“我的小男朋友”，崔成一直把这个称呼当作玩笑，从没有当过真。她见多识广，而他不过是刚从农村来的土老帽儿，怎么可能是她追求的男人呢？崔成认为适合她的男人，一定是事业有成的北京人，和她谈得拢，学识渊博，沉稳老练，而且有幽默感。

常小美的笑声总是那么清脆，像秋风一样清爽透亮，她的美可以属于任何一个欣赏她的人。其实常小美是多好的一个女孩啊，通情达理，干净利落，面带几分喜庆，见过世面，可惜就是不适合自己。

在北京的那段时间，崔成觉得自己过着一段并不真实的生活，他试图按着常小美的想法改变自己，穿着常小美挑选的衣服，头发剪得利利索索的，与她一起见各式各样的人，连口音也带着几分北京腔。为了让他能融入自己的生活，常小美费了很多心思，野心勃勃地试图改造他、驯服他。那时，崔成感到从没有过的迷惑，从开始的兴奋和好奇，到后来对自己深深的怀疑，他觉得自己堕落了、虚荣了。每次与常小美出去就像是在演戏一般，并不是真正喜欢。最后他下决心舍弃了这一切。

他觉得身体的每一处渗进去的都是林木的气味，他是属于家乡的，无法改变。在北京的生活轻飘飘的，杂乱无章，漫无头绪，他只能心不在焉地活着，心无定所。那是一个用街道、楼房、车辆和商场组成的世界，虽然热闹无比，随时随地都会出现新奇玩意儿，但哪一处属于他呢？想看一看干净的天空都不容易。因此，常小美嘲笑他的心态就像一个老头儿。

父亲叫他回家时，他想了很久，最后痛下决心，打电话告诉常小美自己决定离开北京了。当时他并没有听出她的悲伤和惊慌失措，和他预料的一样，她只是问了一句，你真的想好了吗？那个时候，崔成觉得他们其实离得很远，就像是生活在两个截然不同的时空里。

后来他们的联系越来越少，他也就干脆停了北京的电话卡。他觉得他们永久地分开了，不再有任何关系了，这也许是最合理的结果。虽然他偶尔也会有一点淡淡的怅然若失。

把崔成领到军营大门口，迟班长撂下一句“要注意影响”，就走进警卫岗亭里去了。崔成傻愣愣地站着，看着常小美母女二人从远处停着的一辆车里出来，径直地向他走过来。

这是一次非常的见面，就像地下党接头一样。崔成不想让兵营的人知道，否则影响会很大，上次与朱光明一起见家人时，他就感受到了。见面的时间是有规定的。崔成根本没想到和常小美会有这样一次特殊的见面，他以为她早把他忘了呢。

虽然与常小美认识有大半年，崔成却还是第一次见到她的母亲。那段时间，崔成一直认为他跟常小美只是普通的朋友。

常小美的母亲一看就是一个干练利落的女人，留着短发，戴着黑框眼镜，更显得严肃刻板。她似乎一眼就能看穿对方的心理，是一个厉害的角色，只有当她笑起来，脸上所有坚硬的线条才会柔和起来，流露出真诚的温暖，让人如沐春光，这一点和常小美一模一样。

常小美的母亲气呼呼地走上前，像是要打架的样子。常小美赶紧上前拉住母亲说，妈，你干什么呢？别吓着他。

常小美的母亲甩开女儿的手，气呼呼地说，他把你害成什么样了，你还向着他？

这句话触到了常小美的伤心处，她立刻拉下脸说，这又不关他的事，是我一厢情愿行了吧。我只不过想过来看看他，他要是一切都好就行了。

你真是贱啊！他知道你为他都做了什么，人都瘦了几斤？我告诉过你多少次，女人不能主动找男人，我就是个例子，你想活活气死我啊！早点儿死了这条心吧，这样对谁都好！常小美的母亲一边训斥着自己的女儿，一边气哼哼地瞪着崔成，像是他损毁了自己最珍爱的一件宝物似的。

看着常小美消瘦的模样，崔成的心被刺了一下，她此刻好像再不是那个没心没肺爱傻笑的女孩儿，她变得憔悴又忧郁。他心里充满不解地问道，小美，你怎么变成这样了？

少来这一套，常小美的母亲满怀敌意地说，你今天就给个痛快话吧，别让我家小美再这么受罪了。

常小美看着崔成一脸难堪的样子，对母亲说，你这是干什么？你还没看出来他根本什么都不知道吗？我只是来看看他，你想什么呢？

崔成大概猜出了常小美的心思，没想到的是她居然真的动情了，这让他万分尴尬，但又不好太伤常小美的心，就安慰她说，我在这里一切都挺好，谢谢你来看我，还惦记着我，你一定要保重身体啊。

常小美露出熟悉的笑容说，看你还这么客气，知道你要当国旗兵，真为你高兴。这是我送给你的一件礼物，就算是庆贺了。说着，她从口袋里掏出一只精致的盒子，塞到崔成手里。崔成刚要拒绝，常小美不高兴地说，看把你吓的，又不是定情信物，这是专门给你挑的一块手表，“鲁美诺思”牌，美国军人用的，也叫“光不灭”手表，听说挺好用的。以前常小美就是这样不经意地送礼物给他，她总是这么体贴用心。

常小美的母亲在一旁冷眼看着，弄得崔成十分紧张。常小美便对母亲说，我有几句话要单独和崔成说说，您就回避一下吧。说着常小美就把崔成拉到了一边，小声地说，别看我妈那么凶，其实她对国旗班的兵特别有好感，你复员以后她会想办法让你户口落在北京的，有些话我写信跟你细说吧。

看着常小美满怀期待的眼神，崔成涌到嘴边的绝情话又咽了回去，吞吞吐吐地说，小美，我一直把你看作很好的朋友，我希望你能找一个比我强的人，你个人条件那么好，别在我身上浪费时间了。

这时常小美露出坚决的表情说，你先别急着答复我，等你训练完吧，我们都好好想一想你再答复好吧？

崔成眼见这情势，只好说，好吧，那你得注意身体。

常小美的眼睛一下子亮了起来，顿时精神好了许多。崔成心想，女人真是天生的情感动物，自己这么不明不白地表示，还不知要惹出多少麻烦，父亲说得一点儿也不错，他身上有天生的软骨头，心肠软，耳根软。

常小美说，崔成，你就是个木头，怎么到现在还不明白我的心思呢？真枉费我一片用心。崔成一时还没想通，只感到她的话这样情真意切，不像是一时性起，和以往完全不同，完全出乎他的意料。都说大城市的女孩情薄心活，看来常小美显然不是。他曾经听常小美说过，她父亲有外遇后，母亲受到很大的刺激，对男人像防贼似的，说起话来也刻薄。如果崔成不是国旗班选来的兵，她根本不可能让常小美来的，更不可能自己还跟来。她家一个亲戚就在区街道办工作，经常与国旗班的战士打交道，说那里的小伙子个个诚实可靠。

崔成心里正胡乱翻腾着，只见常小美向旁边的母亲招招手，然后回身对他说，听说这里训练很艰苦，不过我相信你一定能行。我会写信跟你说清楚，这里说话不太方便。

这次短暂的会面就这样匆匆结束了，崔成手里拿着那只表盒子，心情复杂地看着她们钻进车里，感到一场意外的风波是不可避免了。

回来的路上，迟班长黑着脸说，你小子真有能耐，没两天，对象就追到军营了，你知道这影响有多恶劣吗？你当不了兵，就早点儿提出来，省得你受罪部队也跟着操心。国旗班要的是干干净净的兵，不要社会习气重的人。否则，即使进来了，也会挺不住的。

崔成心里不服，辩解道，我们真的就是普通朋友，不是你想的那样，她只是来看看我而已。迟班长眼睛一瞪说，拉倒吧，你当我是傻子？一般的朋友会为了见你跑到这里，还动用了上面的关系？他停顿了一下，继续说，这事必须和你说清楚，我们是纪律部队，尤其是国旗班的后备队，你要是打算进来，就不能有丝毫的分心。你一个农村兵居然找一个城市的女孩子，这就是很犯忌的事。

崔成也知道，国旗护卫队是一个近乎神圣的队伍，每个人从心脏到每根指头都要忠诚可靠，他们所担负的任务不允许他们有任何闪失。一个农村的孩子攀上城市的女孩，本来就是件不知深浅的事，品行令人怀疑。

崔成只觉得心在下沉，他对迟班长发誓赌咒地说，班长，我发誓，我们半年都没有联系了，我们的关系是干净的。我真不知道她为啥来找我，我保证不会再发生这样的事，也不会影响训练，今后你看我的表现。国旗班在我心里太重了，为了它我可以放弃一切。

迟班长见他一副诚恳的样子，拍了他一下说，这件事指导员说了，绝对不能讲出去，接下来就看你的表现了。训练期长着呢，我今天就当什么也没有发生过。

当着迟班长的面，崔成没法说清他与常小美的事。实际上，他与常小美还是有一段感情的，虽然他没有把那看成爱情。那情感是淡的，是轻的，没有重量，所以和她在一起，快乐也是轻的，痛苦也是轻的，在心里绕一圈就飘出去了，就像两个无拘无束的孩子玩闹了一场似的，现在回想起那一段过程都挺费劲的。是的，就是没有疼痛感，爱情这东西一定要有疼痛感的，这是朱光明告诉他的。他根本没想到她会当真，她是地道的北京女孩，大大咧咧，做事从不藏着掖着，他知道常小美这次见面绝对是真心实意的。

听了迟班长的话，崔成心上像压了一块大石头一样，他知道迟班长并没有夸大其词。两个人在夕阳下走着，冷风飕飕地往身上钻，已经到晚饭的时间了，崔成却一点儿胃口也没有。这个班的兵真给迟班长添了不少麻烦。迟班长就是那种人，所有痛苦都一个人吸收消化，然后一点一点慢慢地咀嚼。他是一个嘴冷心热的人。

为了缓和气氛，崔成换了一个话题问，班长，训练这么久了，你看我是不是当国旗手的料？迟班长叹口气说，你的身体素质比我当兵时好多了，心理素质也过硬，只要肯吃苦，应该行的。

崔成接着试探地问，可是大队里有那么多比我优秀的，哪里能轮到我呢？

迟班长的心像被刺痛了，眼睛一瞪说，崔成，你今后给我记住，少说长别人威风的话。

崔成心想，迟班长一定没想到，一向看起来规规矩矩、少言寡语的自己竟然给他捅了这么大的娄子，他一定后悔当初主动带这个班。当时，他当着丁大队夸下海口，专拣难啃的骨头下手，一定要把这个“问题班”带出来，至少不比范长江带的一班差。段世杰背后说迟班长是理想主义者，天生就是吃苦挨累的命，一点儿也不肯低头，真够倔的。崔成问什么是理想主义，段世杰冷笑说，简单来说，就是不切实际。当时朱光明少有地插话说，以后少说迟班长的坏话，理想主义又怎么了？我就是听不习惯小市民的口气，一股斤斤计较的俗气。眼见两个人要吵起来，牛帅赶紧上前拉架说，点到为止，点到为止。

这事过了不久，崔成就接到了常小美的来信，这让他感到不知所措，上次见面后他心里一直就惴惴不安。当迟班长把信递给他时，显然已经知道是谁寄来的了，因为信封的地址写得明明白白的，但迟班长并没有怎么责备他。他赶紧偷偷地打开信，上面写道：

自从上次见面后，我想过很多，也想了很久。你不知道见你一次有多艰难，我受了多大的委屈和屈辱。我早知道你的态度，但还是不死心，就想面对面地确认一下。我是不是很傻？你不是说我是很精明的女孩吗？我告诉你吧，女人遇到爱的时候就是这么可笑而愚蠢。

回来的路上，本想就此和你了断，可就是做不到真正地忘记你。妈妈说，女人追男人不会有什么好下场的，以前她就是倒追我父亲的。父亲也是外地的，结果我出生不久他们就离了婚。

平常在家里，母亲一直很强势，父亲表面上唯唯诺诺地屈从，但这已注定了他最终的背叛。父亲找了一个自己喜欢的人，那女人从哪个方面都没法和母亲比，也怪了，父亲偏偏就是喜欢，他们现在过得很幸福。我至今不能原谅他，就是因为他的不忍心，把我妈害得这么惨。没想到这事再次发生在我身上，你能体会到我妈的愤怒了吧？

我曾经发誓一定要找一个顶天立地的男人，不管他贫穷还是富有。你知道我接触过很多人，家里也不缺什么。我妈问我图啥，我告诉她我喜欢你的纯朴和男人气概，做事敢作敢当。

她不会理解的。自从见到你的第一面，几秒钟我就确认找到了爱。其实是否爱一个人自己的内心最清楚不过了，没有任何原因，但细分析下来，我觉得是找到了自己一直想要的东西。你很坚强，那正是我父亲所缺乏的东西，我痛恨他的软弱，因为软弱而虚伪。你很大男子主义，内心也很刚强，你从不低头、不服输的个性吸引着我。

爱情就是这么不切实际，只要能和你在一起，那些所谓的什么条件对我而言都不成问题。

还记得那年我们在天安门广场放风筝，正赶上升旗，我指着在一旁执勤站岗的武警对你说，有一天你要是穿上军装，一点儿也不会比他们差。

我不止一次地暗示你，等着你开口说喜欢我，但你好像在装傻。总不能让我像我妈一样倒追你吧，可是一直也没有等到你开口。你离开北京什么也没说，那时候我彻底绝望了、死心了，生你的气，一直也没有和你联系。但是后来你入伍了，我还是下定决心再看看你，就算是给自己一个最后的交代吧。在我心里，女人只有一次恋爱，而我的初恋是给了你，我不想就这样草草了结。还是那句话，只要你愿意，我会重新回到你身边，做你的女朋友。

另外，别介意我妈妈说的话，她这样做只是为了保护我不受伤害。

写信时，我再三犹豫，听妈妈说，这段时间对你们很重要，尽量不要让你受到什么影响。但我想，也许你并没有对我动过真情，所以影响不到你的。

你还是安心训练吧，不必急着回答我，等你进了国旗班时再答复我。我相信会有那么一天的。你一定能做到，凡是你要做的总是能做到，你是我心中最好的男人，我会天天为你祈祷！

读完信，崔成心里沉甸甸的，真想找朱光明说一说，全班就数他最明白男女情感的事了。

他很迷惑，一直搞不懂常小美看上他哪一点了，他们之间的差距太大了。他根本不值得她这么付出，她应该有更好的选择，爱情也一样讲究门当户对的。上次见面简直说得上惊心动魄，他被常小美的勇气震撼了。什么时候她变得这么柔情似水了？他倒希望她恢复平常那副大大咧咧的样子，做个普通朋友该有多好。

他不是不知道常小美的心思，只是不好说得那么决绝。与她相比，他文化不高，又缺少见识，再说，他根本没打算待在城市里。

给常小美写信很伤脑筋，崔成不忍伤她的心，何况她是动了真情，这让他更加为难了。原来的常小美不是这样的，一副拿得起放得下的样子，现在她忽然这么缠绵深情起来，真让他难以招架。女人的心真难以捉摸，总不能含含糊糊把人家的一腔柔情晾在那里吧。上次见面虽然仓促，但她的态度也表明了，他当时也委婉地拒绝了，可是她非但没有打消念头，反倒干脆挑明了，这让他左右为难。

这事崔成清醒得很，以前他们在一起是轻松愉快的，但就因为他从来都只把她当成朋友，没有半点非分之想。其实想想，没有比检验爱更简单的事了，一万个理由也比不上一次心跳，要不怎么叫作心心相印呢，自己没有这种感觉。

父亲曾经不止一次地告诫过他，男女之事容不得半点拖拉，不然只会误了别人也误了自己。不能再暧昧下去了，他决定现在就给她写一封信，借此表明自己的态度。

小美：

收到你的信，想了很久。还是头一次听你讲这么多家里的事，可以想象那些事对你的影响的确挺大的。上次见面，对我的触动很大，我一直认为我们是很好的朋友。你母亲说得对，我们原本就不是一路人，如果真的走到一起，有一天也会因为彼此的差距而痛苦。

你知道我一向是个直爽的人，不会说客套话。在北京你帮助我的点点滴滴我都记得，真的无以回报。我要真实地告诉你，这次我要辜负你的好意了，我不配做你的爱人。过一段时间你会觉得我说的是对的。你是个优秀的女孩，比我强的人太多了，我不希望你再在我身上浪费时间，这对你太不公平，而且我的内心也会更加不安。我们一直是好朋友，只要你用得着我，无论何时何地，我都会出现的。

你对我的了解大多出于想象，你并没有真正地了解我。和你在一起的时光很快乐，那是因为我把你当作好朋友，如果是换作那种关系的话，我会时时自卑的，觉得心里发虚，一点也不真实，这是真心话。

真心希望你能找到属于自己的真正归宿，这对你并不是一件难事。

希望你能理智一些。原谅我的直率，我宁可你伤一次心，也不想你后悔一辈子。

写完信，崔成反复地修改着，直到满意才长出了一口气，好像用尽了所有的心力。此时，他的眼前浮现出常小美沮丧和悲伤的神情来。他又来回看了几遍，这才折好放进了信封，他知道伤害是免不了的了。

第六章　李英俊的故事

用迟班长的话说，李英俊个头儿倒是挺标准的，一米八五，身体像标枪一样直，形象一点儿也不比朱光明差，可就是有点儿娃娃脸，当兵还是秀气了一点儿，而且走起路也像跳舞一样软绵绵的，缺乏英武之气，这让他自己挺发愁的。

李英俊的性格之所以这样，和他的家庭有关。他的母亲比较强势，再加上两个姐姐对他的宠爱，弄得他的身上多了几分阴柔之气。

但崔成不这么看，他一想起李英俊仰着脸憨厚的笑容，就感到亲切自然。李英俊的每一个心思都毫无保留地放在脸上，所以活得自然简单，毫不费力，每天吃得香睡得着。不像朱光明一肚子的心事，埋藏得那么深，整个人像是背了一座山一样。

大家都说李英俊的名字起得好，好听又容易记，不过以他现在的相貌还差点儿意思，不够男人气，多少有点儿像京剧里的小生。

迟班长问他名字是谁起的。李英俊憨厚地摸着脑袋说，是我舅舅起的，我小时候长得挺精神的，谁见了都忍不住想抱一下摸一下。我入伍的时候，全村人都说是大喜事，说我没白长一副好身架。那天镇长还专门去了我家呢。家里还放了鞭炮，办了酒席，一村子的人都来吃。我要是进不了国旗班，都没脸回去见人了。

他说这些话的时候，一点儿也没有夸张。他一直都这样，一点儿心计也没有。朱光明说得没错，李英俊就是一个心口完全一致的人，跟他在一起不费脑筋，说他有点儿傻、没啥心眼儿也不为过。所以全班的人有事没事总是拿他开玩笑，而他总把别人说的话当真。

有一次，牛帅逗他说，李英俊啊，难得你长了这么帅气的脸，像韩国明星一样，有没有女娃娃追你啊？说出来给大家解解闷呗。

李英俊认真地想了半天，然后一本正经地说，没有啊，一个也没有，倒是有不少女孩找我一起玩儿，但没有人说过那种事。

牛帅故意开玩笑地说，这说明你心理有问题哦，你是不是发育有问题哦，还是个小娃娃，我不信你没有喜欢的女孩子。

李英俊的脸憋得通红，脱口而出道，大眼你胡说，我正常着呢。我以前喜欢的是初中教我英语的老师。她长得那真叫漂亮，大眼睛，长头发，说话声软软的，直往心里钻，什么明星都不如她好看。我要是以后找对象就一定找她那样的。我那时候学习成绩不好，家里又穷，她没有看不起我，还帮我交了学费，一有空就给我补课呢。

段世杰起哄说，好家伙，没想到你这么不老实，还弄出来一个梦中情人呢。你又在吹牛，有相片没有？让我们过一下目。一个老师能有多好看，肯定是骗我们的。

李英俊一脸坚决，气鼓鼓地说，不许你们这样说她，谁也不行。我当然有，但绝不给你们看，它只属于我，用不着你们信。

大伙问他怎么得到的，李英俊不好意思地说，那张相片贴在学校的公告栏里，她是优秀班主任嘛，让我偷偷揭下来了。

牛帅大叫道，没想到李英俊还这么不老实，一点儿也没看出来啊，还有这个心眼儿。

李英俊涨红了脸说，我又不好意思当面问她要，她要笑话死我的。那一年我考到县里的中学，心想再也没有机会见到她了，就在晚上趁人不注意揭了下来留作纪念，反正学校还有的是。这事你们不逼我，我是跟谁也不会讲的。反正我就是喜欢她，不怕丢人。

一帮人嘻嘻哈哈地围着他讨要，李英俊一开始神情严肃地拒绝，后来被逼得都快要哭了。迟班长忙制止道，你们想干啥？欺负人家老实孩子，也太不厚道了吧。那是侵犯人家隐私，知道不？那是人家最神圣的东西，不准再欺负他了。都给我滚回床上睡觉去，我看你们还是没累着，一天就知道嚷着累，一碰到这事儿就来精神了。李英俊，别在乎他们，照片藏好，我一直支持你，就凭你这种专情痴心的劲儿，没有什么做不成。

自从李英俊来到七班，迟班长就一直是他的护身符、保护神，他从李英俊的身上看见了自己过去的影子，打心眼儿里喜欢这个心思纯朴的新兵蛋子。

李英俊有块心病，一提到大队长丁锐，他就会浑身发抖，有种说不出的恐惧。他说丁大队是他一生中遇到的最恐怖的人，做事毫无畏惧之心，没有他做不了的。丁大队有着魔鬼的眼神，每天就像一只鹰在操场上盘旋，谁有毛病让他揪住了，那嘴才毒辣呢，一点儿情面也不讲。丁锐冷冰冰的口令就像咒语一样，每时每刻都好像主宰着李英俊的呼吸，成了他真正的噩梦。丁锐就说李英俊一点儿也不像个爷们儿，就这心理素质还想进国旗班？简直就是在做梦。每当丁大队扫他一眼，李英俊的心就缩紧了，身体还要哆嗦半天。丁大队说李英俊是他亲自挑出来的，当时怎么就看走眼了呢？

李英俊问朱光明为什么不怕丁大队，朱光明说我训练又不是做贼，该做的一项也没少做，有什么好怕的。当新兵被批两句是正常的，别那么经不住事儿，抗打击能力也太弱了。你看人家牛帅，谁批他他都满不在乎，笑一笑就忘了，现在要是没人批他，他反倒挺不适应的，你过不了这一关可不行。别对什么都太在意，没什么用处，再说丁大队谁没批过？批评就是他的家常便饭，当领导就得树立权威嘛。

牛帅最喜欢搞怪，而且真是一个难得的人才，军营里没有他不知道会有多寂寞呢。这么一个冷清偏僻的地方，很容易让人感到压抑寂寞，外面都什么世界了，他们这里连网也上不了，打电话受限制，只能写写信说说话。牛帅最近迷上了模仿丁锐的口令，还有说话的方式，没事的时候就吓唬大家一下，看到李英俊一副惊慌失措的样子，大家就跟着傻乐一番。迟班长说他倒是一个口令兵的料，若改掉地方口音，不比别人差。丁锐就是来自四川的，带着点儿口音，牛帅模仿起来比较容易，但气势上还是差一截，总之，牛帅的嘴皮子功夫谁也比不上，是大家每天的快乐之源。一向认真的迟班长也对他睁一眼闭一眼，毕竟大家在这里都太不容易了，乐趣太少，神经总得放松一下吧。

这天夜里，牛帅上厕所回来，想检验一下李英俊到底有多怕丁大队。别看平时李英俊规规矩矩、轻声细语的，但一到晚上，就数这家伙呼噜打得响，难听得要命，而且雷打不动。他只要头一沾枕头，几秒钟不到就睡着了，即使臭袜子塞进他的嘴里，他也不会醒过来。一开始，他的呼噜声弄得一屋子的人经常失眠，没少折磨人，好容易大家才慢慢习惯。

牛帅轻手轻脚地来到李英俊的床边，模仿丁锐的声音喊了一声：李英俊出列！只见李英俊如同咒语上身一样，“腾”地一下就从床上一跃而起，头撞到了上铺的木板，他大叫了一声，这才发现是牛帅在逗他。由此可见，李英俊对丁锐真的是怕入骨髓了。牛帅见状，在一旁狂笑不已，搞得全班人再也睡不着了。牛帅一直对这样的恶作剧乐此不疲，所谓的保留节目他还真弄了几个，甚至还在班里的联欢会上表演过，真的是栩栩如生，就连在一旁观看的丁锐也笑得前仰后合，对牛帅吼道，老子平常就这副德行啊？你连领导也敢这么丑化？

别看李英俊平时表现得像个文静的女孩似的，但他吃起饭来从不含糊，看到的人绝对大吃一惊。他的饭量大得惊人，七班没有人能比得上，他每次吃饭如同狂风席卷过来一样，两眼放光。牛帅叹道，乖乖，你能不能文雅一点儿？怎么像得了甲亢似的，从牢里才放出来的啊？你这个胃简直是无底洞，总听不到响呢。要是这样下去的话，有一天你真的到了国旗班，还不得把那里给吃黄了？李英俊说，一粒米一分劲，我又不是白吃。

全班吃饭时，只有段世杰斯文地细嚼慢咽。他天生就是遇事不慌不忙的慢性子，似乎要把营养一点儿不剩地吸收干净。朱光明吃饭时也变了一个人，训练完全把他改变了，他的吃相连崔成都感到惊讶，这哪像一个曾经天天吃着山珍海味的富家子弟？一个菜叶子也嚼得津津有味的。

李英俊的文化程度不高，字写得也像女孩子一样。他时不时就让段世杰帮他抄录一段丁大队的话，用夹子夹在床头，作为每天的激励。丁大队简直成了他的神。每天他睡觉之前都会温习一遍，比如：军人就要有随时冲锋陷阵、粉身碎骨的精神；知道什么是铁的纪律吗？听从指挥，一丝一毫也不能走样；军人是什么？就是随时能为国家献身的钢铁战士，没有借口，不容退缩，勇往直前；我们需要强健的身体，更需要坚不可摧的意志，这意志来自信仰。这就是国旗班的神话，零失误！这个队伍没有懦夫！如此等等。就连骂他的话他也一字不落抄下来，比如“李英俊你就是窝囊废”之类的。

朱光明说李英俊简直把丁大队奉为神明了，而且好像丁大队的那些话对他还确实管用。

人和人就是不一样，一到晚上，朱光明还是照常读着他的心理学，段世杰学着考军校的教材，牛帅研究着他未来饭店的菜谱，而李英俊在反复读着丁大队的训练格言，然后总是第一个心满意足地睡着。一听到他的呼噜声响起，大伙儿的倦意也立刻上来了，这已经成了习惯。

李英俊的队列动作一直是个问题，尤其走步时的协调性，他的腿、腰、手臂总是不能保持一致，让旁边的人看了干着急，这小子真是笨得不可思议。迟班长一直为这事上火，但又找不到好的办法调教他，他已经够努力了，没法再苛求他了。

这段时间，李英俊被丁大队反复打击，居然没有倒下去，真是个奇迹。不过他脸上起了一堆疱，牛帅陪他去医务室看了，涂了药，看来真是上大火了。有时候早晨洗脸，打几个喷嚏，他的鼻子就哗哗地淌血，让人看了心疼。

他的脑子就是死疙瘩，一直开不了窍。迟班长终于绝望了，扔下一句狠话说，你这样可不成，迟早会被淘汰的。这句话一下子击垮了他最后的一点自信心。全班的人都觉得迟班长真是铁石心肠，嘴巴太毒了，对李英俊话说得太重，他的心理承受力本来就弱。像他这样一个老实孩子，心里越是胆怯，动作越是怎么都做不到位。有一段时间，他连奇好无比的胃口也垮了，嗓子也哑了，再有两三天的工夫，他真的就要崩溃了。

这一天，全班正常练习队列，李英俊突然间腿肚子抽筋，被大伙扶下来。回到宿舍，李英俊忍不住呜呜地哭起来了，说自己没有用，不想再练了，想回家，不再给全班人丢脸了。大伙瞧着发愣，不知怎么劝好。段世杰说，不就是走几步路的事吗？就是因为你把这看成是天大的事，所以才紧张过度。这时，牛帅在一旁吼道，段世杰，你懂什么，他现在还是个孩子，好不好？谁吃苦有他吃得多呢？你以为他不想啊？崔成跟着劝道，李英俊，不用那么急，再挺两天就好了，人一开窍啥都不是问题了，谁都有自己的难关，要对自己有信心。最后迟班长说，英俊，班长前一段话说重了，真心向你道歉。这一段还是适应期，还有时间，我以后不会再逼你了，丁大队那里我和他说。你按自己的方式慢慢来，既然反应慢一点，那就别急了。你放心，我天天陪着你练，还不信学不会了呢。再说了，你一家人一直都盼着你出息，等着看你在天安门广场升旗呢，为这个，你也千万不能放弃。

听了众人的话，李英俊眼里流出了大颗大颗的眼泪，仍然赌气地说道，我已经尽力了，我知道自己配不上国旗班，省得大家跟着着急，我真的不想再练了。明天我就找丁大队说说，当初还是他把我带来的，说我行，我一直信他的话，现在看起来，他看错了人，我真的对不起他。

见他情绪这么激动，大伙儿让他平静一下心情，你一言我一语地好歹把他劝住了。

半夜段世杰上厕所时，发现李英俊人不见了，想起白天发生的事，他立刻慌了神。李英俊床上的被子还叠得好好的，他该不会心眼儿窄，寻什么短见吧？他马上叫醒了迟班长，大伙儿也跟着全都醒了。大家一时间都慌张起来，胡乱猜测，不知怎么办好。这时，迟班长倒镇定了下来，说事情还没弄清楚，别弄出太大动静，把隔壁班的人吵醒了，影响可就大了，先去军营四处找找再说，别在这里瞎嘀咕了，啥用处也没有。再说，李英俊也是成年人，还不至于干那种傻事。

于是，大伙儿手忙脚乱地起床穿衣服。崔成回想了一下说，睡觉那会儿，我觉得他情绪挺正常的，看他好像已经想通了，睡得挺踏实的啊。牛帅说，唉，就怕这个傻子犯糊涂，一根筋，他的性子拧着呢。

几个人蹑手蹑脚地走出了宿舍。出了门，才感到夜间的风又冷又硬，都禁不住打着寒战，心里七上八下的。迟班长说，大家分头去找吧。还是段世杰的眼尖，他突然指着灯光昏暗的操场说，那个傻子在那里呢。大家一看，果然是他，心总算落了下来，舒了一口气。

顺着段世杰指的方向，大家看到了操场上李英俊那熟悉的身影。不过，他那模样挺吓人的，一个人像木偶一般在操场上来来回回地走着，像一个在朦胧之中飘来飘去的幽灵，看得人头皮发麻，不知道他在那里搞什么名堂。

众人打算上前去喊他，朱光明阻拦道，还是再看看吧，他该不是梦游吧，可千万别吓着他。听了他的话，大家觉得有道理，便停下脚步，仔细观察着。

李英俊显然没有发现他们。他一个人还在浑然忘我地练习步伐呢，真是拼上命了。这个时候的李英俊竟然走得相当标准，全没有平常畏畏缩缩的样子。他手臂挥得那么自如，动作自然连贯，完全换了一个人似的，一时间把大家都看愣了。迟班长说，怎么和白天完全不一样了，这不是好好的吗？

眼前的这一幕看得人人心酸，又有点儿心慌。

淡淡的月色下，大家默不作声地远远看了好一会儿，不忍心打断他。迟班长看没有什么大问题，便对牛帅说，我看根本不是什么梦游，时间不早了，你轻点儿走过去，别吓着他，把他叫回来。其他人都赶紧回去，别让他看到不好意思。

正说着，李英俊还是发现了操场旁的众人，便朝大家走过来，神情看起来轻松了不少。牛帅一个人先走到他跟前，李英俊收住了脚步，两个人说了几句，他便跟着牛帅走了过来。

看他神色挺正常，大家才算彻底地放心了。李英俊见全班都出来找他，一脸惭愧地说，班长，我不是有意的啊。半夜我醒过来就怎么也睡不着了，想着出来走两圈胸口也许就不会那么堵了，没想到打扰了大家。

迟班长上前搂着他的肩膀说，没关系的。你小子真有种，头一次看你走得这么标准利落，平常都是怎么回事啊？以后可不许一个人半夜跑出来瞎练，这可不是办法，觉睡不够可不成，明天还有训练呢。我们都相信你是个合格的好兵，丁大队真是一点儿也没有看错，只要你克服了心理障碍，一切就都不是问题了。

正是在这个夜晚，崔成看到了李英俊最鲜亮光彩的一面。他单纯干净到了极点，一点杂质也没有，他的品质无人可及。崔成突然觉得朱光明说得对极了，整个班里，最应该去国旗班的人就是李英俊，他才是把自己的灵魂和肉体完全奉献给国旗的人！他的训练近乎疯狂，还带着自虐，像是殉道一样，他自己却根本没意识到。全班哪个人能做得到呢？崔成对朱光明说，我要是真的争取到进后备大队的名额，一定要让给他。朱光明也叹道，是啊，这小子算是着魔了，我们和他相比，显然还不够虔诚，国旗班要的就是他这样的人。

第七章　打架事件

要论能吃苦，七班的战士个顶个的都不差。崔成已经觉得自己够能吃苦的了，但与牛帅相比，他还是自叹不如。牛帅这人表面上看稀松平常，而且体能也不怎么样，无论站立、跑步，还是队列，凡是玩体力的，他总是第一个顶不住，但他好像并不着急，说笑到最后才是真笑。所以，每当他倒下了，总是能再度爬起来。若论吃苦的劲头，每个人都有各自的特点。崔成是吃得了苦，朱光明是怕不苦，李英俊是不怕苦，段世杰是想办法尽量少吃苦，而牛帅是不知苦，他认为苦就是人生，苦就是习惯。

牛帅长着一双比别人大一号的眼睛，他说自己出生的时候，他母亲梦见了一头横冲直撞的青牛，是个好兆头，生下的孩子会天赋异禀，所以他的眼睛要比别人大一号，聪明劲儿也比人家多一点。迟班长说这纯粹是迷信。他傻笑道，班长总是太严肃了，天底下讲不清楚的东西多着呢，你信不信？我嘛，就讲着好玩。我们四川人就是爱耍嘴皮子消遣，我这辈子也就靠嘴了，一靠自己的嘴欢乐，二靠别人的嘴挣钱吃饭。迟班长虽然警告过他，在部队里油腔滑调可不行，可事实上，迟班长对他还是挺放任的。

牛帅打发时间的方式，就是大讲特讲他发明的菜谱，他已经整理了不少，说是宝贵得不得了。一个回锅肉也能和你扯半天，能说到民国去。据他说有很多菜谱是他从民间讨来的，而且都快失传了，都收在他的一个小本子里，就等着哪一天他出山好发扬光大，也不知是真是假。他信誓旦旦地说，总有一天他要靠这个养家过日子。

段世杰说，他天天就知道画饼充饥，不就是当了几天厨子嘛，有啥可显摆的。牛帅说，你这人太小看吃这件事了，知道啥叫民以食为天吗？也就是说，那是天底下最大的事。你就是个小市民，肤浅得很，缺乏理想。川菜为啥打遍天下无敌手？发明了多少菜？给中国人提供了多少欢乐？就是靠理想。敢想才能做成事。段世杰说，拉倒吧，你就知道吃。我也不是没有研究过，我看过一本民国时出的地图，上面评价四川人说，蜀中四面环山，多佛寺，人民无远大理想，要不怎么说少不入川呢。牛帅说，国民党的地图不算数。摆起龙门阵来，段世杰也是个好手，天上地下知道一大堆，而且出口成章，也是新训大队的宝贝。说起学问来，段世杰在新兵中还真有点儿鹤立鸡群的架势，平常总喜欢与牛帅斗嘴取乐。

牛帅说他在练站功的时候，满脑子里都是刺刺啦啦上锅的菜，热闹着呢，麻椒呀、胡椒呀、腊肉呀、猪蹄呀、豆干呀、下水呀，一个接一个，一道菜至少能顶十分钟的时间，所以他能比别人站得久些。新训大队没有不认识牛帅的人，他有着天生的亲和力，几分钟就能把陌生人变成朋友，所以每个人都爱和他开玩笑，听他吹牛解乏。

牛帅不但嘴巴甜，脑子也灵光得很，胆子也出奇地大。和他在一起的时候，没人会感到寂寞，他总能弄出新奇的事情来，连普通的训练也不例外，他张嘴就能编出顺口溜，连迟班长也不得不佩服。他说一家的聪明都让自己占尽了，所以他之后才有一个半痴呆的弟弟。他最大的愿望就是能给他弟弟娶上媳妇，再在县城给他买上房子，让他过上正常人的生活，替父母完成最大的心愿。

段世杰说牛帅绝对是盲目的乐观主义者，吃得香，睡得着，浑身都是正能量。谁还没个愁事，但换在牛帅身上就完全不一样了，他有着化苦为乐的本事。要是换一个人，摊上像他那样的家庭，早就苦不堪言了：牛帅的父亲是一个老实巴交的农民，除了种地啥也不懂，长着一双出奇的大手，啥农活都能做，脾气不怎么好，一巴掌就能打得牛帅眼冒金星；母亲在他三岁那年就失足掉到河里被冲走了，尸首一直也没找到，他连一点儿记忆都没有留下来；父亲后来讨来的继母是个一脸苦相的寡妇，听说之前已经嫁过两次，两个男人都死了。而且嫁给他父亲后，她一直对他们兄弟恶语相加，不过人倒是挺能干的。牛帅的奶奶一直瘫痪在床，天天需要人照顾，所以牛帅从小手脚就没有闲过，上小学就能做饭了。用他的话说，自己在那么穷的家里，能长出这样一副好身板算是赚来的。

牛帅高中没毕业就让父亲撵出去打工了，主要是学做厨师，因为小时候总吃不饱饭，学厨师至少能混个肚子饱。他最大的理想就是有朝一日开一家自己的餐馆，想吃什么，想什么时候吃，都自己说了算。家境稍微好了一些后，他就参了军。对他来说，军营就是天堂，有吃有喝，还能奔个前程，至于训练那点儿苦对他来说根本不算什么。他总是对别人说，吃苦谁不会啊，老子以前天天都在吃苦，吃得苦中苦，方为人上人嘛。他那绝不是说大话。牛帅最看不上眼的人就是朱光明，说他钱多烧坏了，惯出来一身古怪的臭毛病，吃个饭也挑三拣四，就是没饿着的缘故，袜子内裤什么的还要天天洗，简直不可理喻。

在班里，谁都知道崔成与朱光明走得最近。有一天，牛帅便偷偷地找到他，怒气冲冲地说道，朱光明有啥可牛的？他说我不注意个人卫生，嫌我味道大。都是男人，天天汗流得像下雨一样，哪个没有味儿？这里又不是高级宾馆，好像他是军区首长一样。又嫌我说话多，打扰到他了，谁能天天像一个木偶似的？板着个脸，好像谁都欠他似的，你说我正常还是他正常？

崔成看着他，笑了笑，说道，他就那么个性格，你又不是不知道，不理他就是了。一个屋子住着，都不容易，忍一下就过去了。

牛帅却郑重其事起来，说道，我今天找你，就是麻烦你给他捎个话，我想和他单独会一会，今晚熄灯后，让他在营房后等着我，打一架耍耍嘛。你放心，我绝对不狠打，让他不要怕，不会打坏了他的小白脸，要不班长看到了也不好交代。就算是私下交流一下嘛，点到为止。我真是恼火得很，他凭啥子瞧不起人，家里有钱就了不得了？钱又不是他挣的，谁还不会花几个臭钱，他在这里牛什么？

崔成心里忍不住发笑，说，你是不是疯了，还有心情打架？谁敢在这个地方打架？我还从来没有听说过。要是让领导知道了，那可不是闹着玩的，受了处分，想进后备队门儿都没有了。这点事儿，我还是找他说开就好了，以后你们井水不犯河水。

牛帅眼珠子瞪起来说，不行，这口气咽不下去，你要是不去说，我直接找他下战书，只要没人看见就行了。

崔成盯着牛帅说，你是不是吃饱了撑的？就你这样还想打架？朱光明是文明人，有点叽叽歪歪的，你还真往心里搁呢？肚量也太小了。你要是真动手，我还不让呢！

牛帅显然被崔成的气势镇住了。他知道崔成的脾气，知道他不好惹，动起手来他根本不是崔成的对手。崔成长得人高马大不说，还有一膀子力气，打架很在行，七班里谁也不是他的对手，而且他和朱光明关系又好。但牛帅还是梗着脖子、瞪着眼说，这事你管不着，反正早晚要打的，打完了我心里好痛快痛快，消消心中的恶气。

说归说，这种犯大忌的事牛帅也得掂量一下。崔成私下里也提醒过朱光明别招惹这个刺儿头，两个人相安无事地过了一段时间。

似乎一切都风平浪静了，崔成甚至忘记了还有这么一档子事。最近每天5000米的长跑训练，让每个人都吃不消了。尤其是牛帅，他的体力最差，心思都放在这上面了。最近他回到寝室后话也变少了，天天给自己加码，连下雨天也不放过，只想着早日过关。按他的话讲，训练的强度越来越大了，已经影响到他大脑的正常运转了，哪里还有闲话可扯。他又没有像段世杰一样练过童子功，但这一关总得过，迟班长天天掐着表，一分钟也不放过他。有时，看他一个人没命地奔跑的模样，真让人同情。这事他倒看得开，自嘲道，谁让我天生就是一只笨鸟，什么事都吃亏，可要是比起嘴上功夫，谁也不是我的对手。

一天，迟班长宣布夜晚执勤站岗的名单时，崔成的心咯噔了一下，这次牛帅和朱光明竟然分到了一组！他想起牛帅曾经说过的话，他们俩站在一起可保不准会发生什么，但他转而又想，牛帅虽然胆子大，但绝对不敢胡来的，谁也承担不了这个后果，他也就没有再多想。

崔成和李英俊是后半夜两点下岗，接下来就是朱光明和牛帅。当崔成迷迷糊糊地叫醒他们两个人的时候，并没有发现牛帅的表现有什么异样，他只是眼看着他们披上大衣出了门。

崔成不大放心，特意听了一会儿动静，但很快就撑不住了，也懒得再过问，眼皮儿一耷拉马上就睡着了。

再醒来时，已经是第二天了。

那两个人都能沉住气，貌似什么都没有发生过，第二天和大家一样，还是正常地起床、洗漱、早操，但崔成眼尖，从他们军训服上沾的灰尘看出了点儿破绽，两个人肯定动了手。

吃早饭的时候，崔成问起朱光明，你是不是和牛帅动手了?

朱光明毫不在意地点了点头说，是他提议的，我没反对，我也挺烦他的，正好出出气。

崔成瞅了一眼在一旁低头吃饭的牛帅，他一副若无其事的样子，好像把发生过的事忘得一干二净了。打架对他来说是家常便饭，毕竟他在社会上混的时间不短，但朱光明恐怕还是第一次。

崔成好奇地问，我怎么什么动静也没有听到呢？你们是暗掐啊。

朱光明淡淡地说，没真的动拳头，只是文斗，你当我们傻啊，要是被发现了，这得受多大处分？他提议说比力气摔摔跤算了，结果打了个平手，各倒地一次。他不服还想定个胜负，没想到，正碰到副大队长夜里查岗，幸亏他没看清。真挺悬的，这个家伙的脑子可灵光了，说我被绊倒了，他正在扶我呢。

崔成嘿嘿差点儿笑出声来，这个牛帅可真鬼。

朱光明这时脸上也难得地露出一丝欣赏的表情，看来他与牛帅的事算是告一段落了。朱光明小声地说，副大队长还说我们辛苦了，牛帅的嘴甜，几句话说得副大队长感动得不得了，他还去副大队长的办公室骗来半只烧鸡。他这人还是挺讲义气的，一人一半给分了。

一想到两个人打完架，在寒风中哆哆嗦嗦吃烧鸡的情景，崔成忍不住笑得把嘴里的饭都喷出来了。

真是一波未平，一波又起。过了不久，牛帅又与食堂的大师傅争吵起来了。牛帅自认为在这方面拥有绝对的发言权，他的嘴刁着呢，什么肉不新鲜了、米饭有霉味了、茄子没熟啊、盐放多了，一动筷子就知道。按说他们是国旗班后备队，伙食自然差不了，可新来的大厨让他吃不消了。

食堂原来的师傅被女儿接到澳洲给外国人做饭去了，他的手艺大家还都挺认可的。新来的大师傅是暂时从别的支队调过来的，据说还有些来头，脾气比较大，山东人，做饭有时凭自己的心情。开始几天，饭菜做得还算可口，但时间一长不知什么原因，他便不怎么用心了。牛帅夸张地给他起了一个外号叫“忽然”，说他做的饭忽咸忽淡、忽软忽硬、忽生忽熟、忽稀忽稠，当然多少有点儿言过其实了。

原来的师傅可是支队精挑细选的厨师，要想训练好，伙食绝对不能差。那师傅不但手艺好，而且做饭菜肯动脑肯用心，吃得大家嘴巴都有点儿刁了。做饭就怕有个比较，这胃口调上去就不容易下来了。每天都是干巴巴的训练，吃饭对每个人来说绝对是一件挺重要的大事。连丁大队也说，伙食决定士气。可是先前的师傅走得太突然，大队一时间也难以找到合适的替补。再说了，大锅饭一向是众口难调，以前的师傅的神奇之处就是，居然有本事把南北口味调得比较平均，让新兵挑不出太大的毛病来。要做到这一点，里面的学问自然不小，顿顿饭都要有一道抓人胃口的菜，但又不能个个菜都做得那么精致可口。要有重点，也要学会吊胃口，留下悬念，否则下一顿饭就不好做了。还有一点，时间安排也得有讲究，一周之中有那么几顿重要的饭必须让大伙满意，还有就是不能有明显的地域歧视，北方南方的菜要穿插着来做。整个军营一百多号人，做大厨的要不懂点儿政治，不懂点儿哲学，不懂点儿人性，还真难摆弄明白。

两下一比较，新来的大师傅就明显差了档次，他采取的是平均主义的做法，一听到有人提意见，脾气就上来了，青菜让他炒得垂头丧气，肉做得没滋没味，汤做得含含糊糊，味道差了一大截。这段时间，大家一肚子怨言，也不好发作，每天只能勉强地吃着，填饱肚子就行了。

队长和指导员面对着越来越多的抱怨，一直着急上火呢。这样下去，会影响军心，但一时间还没有找到合适的人选。自从换了这个厨师后，伙食问题一时间成了新兵们发牢骚的突破口。

不知是谁嘴快，把牛帅起外号的事传到了师傅耳朵里。那师傅立刻托人给牛帅捎来话，小兔崽子，有种就别吃老子做的饭，在食堂里“忽然”消失最好。

听了这话，牛帅气得暴跳如雷，马上找到迟班长说，我明天就绝食，不再吃他做的猪食。他能把饭做得这么难吃，还真是个本事。

迟班长说，哪天饿着你了？你少夸大其词，跟着添乱，丁队长还没有发话呢，还轮不到你瞎起哄。

牛帅知道这情况一时难以改变，总不能天天回寝室补餐，这样与他对着干起不到什么作用，再这样下去，自己真的要绝食了。一天，他趁迟班长去开会的空儿，和班上的几个人商量起办法来。

崔成劝他说，你还是忍忍吧，像丁大队那样眼里不容沙子的人都暂时没招。就你嘴刁，给惯坏了。人家做的饭又没有大毛病，又没有饿着谁，你拿他又能怎么办？

一听“毛病”二字，段世杰似乎想到了什么，在一旁嘿嘿地干笑起来。大家立刻就知道他肯定想到了什么鬼生意，就催他赶紧说说看。

段世杰慢腾腾地说道，这话哪儿说哪儿了，千万不能让别人知道，否则我的罪过就大了，还怎么在大队待呢。

牛帅赶紧说，别藏着掖着了，有什么好主意赶紧说出来，真要出了问题，大伙一起承担，你有啥可担心的？

段世杰慢悠悠地说，这事可先说好了，出了事，谁也脱不了干系。我先问你们，是不是铁了心要把他赶走？

朱光明说，这不是废话吗？你没看到丁大队都快急疯了，我敢肯定，全大队没有一个人不想他走的。有啥绝招赶紧说吧。

段世杰故意卖关子说，要做这件事就我们几个人不行，还得每个人都做点儿牺牲，而且还不能声张，我保证三天之内让他卷铺盖走人。

牛帅说，多大牺牲都值得，你没看到丁大队和指导员恨得牙根直痒痒吗？

段世杰说，其实这事做起来很简单，而且做完了，上面也绝对不会追究下来，说不定还会感激我们呢。只是做得别太明显了，让人一看就知道是七班弄的事。

李英俊胆子小，在一旁听得很紧张，忙说，你们要是做破坏部队纪律的事，我可不参与，但我绝不会讲出去。

牛帅鄙视地说，你还是滚一边待着去，到时别影响了你的前程，做你的乖乖兵去吧。

段世杰说，这事没有百分之百的把握我都不会讲的。李英俊你到门口放哨去，看班长开会回来没有。

等李英俊出了门，段世杰说，你们说说这食堂最怕什么？

朱光明恍然大悟道，段世杰你真够阴的，你是不是想搞“苦肉计”，弄一次食物中毒事件？

段世杰点点头说，不用中毒，再说毒从哪里弄去？要真那样的话，事情可大了，我们吃不了兜着走，有点儿政治觉悟好不好？我们只要简单搞一次集体跑肚拉稀，一天上不了操，你们说会是啥效果？对了，牛帅你说说，怎么才能最快地拉肚子？这事你最在行。

牛帅哈哈大笑道，段世杰啊，你可真是个人才，我算服气了。还有比这更简单的吗？要问起这事，老子太有经验了，只要晚饭后多喝生水，尤其是在这冷天，准管用，还不会太伤身。朱光明，到时你得把你家送来的进口药贡献出来。

段世杰两手一拍说，就这么定了，光我们几个肯定不行。除了我们班，还得再找两个班的弟兄。牛帅你的人头熟，赶紧去找一下啊。谈妥了，明天就可以统一行动。我敢保证，只要这事一出，他马上就得被丁大队长名正言顺地轰走。

果然，事情比他们预想的还要顺利。牛帅四处联络，有几个班都答应下来了，只等着一声令下。晚饭前，他们瞒着迟班长把这事定下来了，之所以办得这么利索，还真是因为大师傅不得人心，大家巴不得赶紧把他赶走了事。

结果可想而知，从夜里起到第二天，军营到处是吃坏肚子的人，大队干部以为出现了集体食物中毒，都急坏了。这要是传到上面去可是大事故了。好在医务室大夫说只是普通的腹泻，吃点儿药、休息一下就会没事的，能控制得住，用不着上报，大队的几个领导这才松了一口气，立刻要求上面换人，国旗班后备大队训练这么多年，还是头一回出现这种要命的事。

第三天，那位曾经脾气十足的大师傅就被灰溜溜地赶走了，支队专门派来了一位全支队最好的厨师。

没想到段世杰一个小小的苦肉计解决了这么大的难题，七班的人都对他佩服不已，连很少夸人的朱光明也说，段世杰只要脑子用在正地方，以后肯定能干出一番大事。

大队的领导后来也弄清了情况，知道他们是为整个大队解决了麻烦，所以也就不再追究了，他们表面装傻，心里倒是对七班另眼相看。只有迟班长一个人还糊里糊涂地蒙在鼓里，每天都吃着一样的饭菜，怎么当时他一点儿感觉也没有呢?

第八章　蝴蝶效应

迟班长几乎带有体罚性质的强化训练，让七班的战士个个叫苦不迭。

身背十字架，头上顶砖头，两腿夹扑克牌，领口别大头针，都成了纠正姿势的常规方法，弄得七班的兵身上没有不带伤的。李英俊因为两腿总是并不拢，天天得绑腿睡觉，像上刑一样。一看到有人笨手笨脚动作不到位，迟班长就气不打一处来，说现在的兵，聪明是聪明，一到吃苦就畏首畏尾，变得滑头了。

别看现在叫苦喊累，到时候就知道了。只要你们能按照我说的每一个动作来，我保管你们个个成为国旗兵，我就是这样进的国旗班。迟班长说这话的时候，充满了说不出的自信。

开始的时候大家还能坚决服从不走样，但三个星期下来，原本高昂的士气慢慢低落下来。人又不是机器，情绪总有个起起伏伏，生理也有个限度。慢慢地，七班的每个人都感到了无形的压抑和窒息，瞅着别的班一天快快乐乐的，不由得心生羡慕。人家也是在练啊，尤其一开始都是适应性训练，现在却让他弄得如临大敌似的。

何况他们原本还都是心性不定的大孩子，所以无论是生理上还是心理上，渐渐都有点儿吃不消了。

没想到第一个挺不住的居然是牛帅。崔成原本认为他是最能吃苦的，毕竟这家伙就是靠吃苦长大的，挺不住的应该是一身臭毛病的朱光明啊，怎么会是牛帅呢?

那天，崔成、牛帅与段世杰三个人打扫一楼的卫生。牛帅变戏法一样从口袋里掏出一盒烟，说是从朱光明那里要来的。朱光明说要把烟完全戒了，于是把剩下的烟都白送给了他。那个公子哥儿只要肯张口，要啥有啥。

牛帅对他们比画了一下，就招呼段世杰到厕所里过一下瘾，留下崔成在外面把风。崔成一边假装拖地，一边听着走廊里的动静，心想哪位大队领导突然进来，那可就惨了。这烟味也太明显了，一时半会儿也散不干净，牛帅这小子的胆子就是大。

吸完烟，那两人立刻容光焕发。牛帅还抱怨说自己抽得太狠，烟都吸到肠子里去了，人差点儿晕了过去。

接着牛帅唠叨说，这几天蹲厕所，眼前总飘着金星，半天一滴尿也滴不出来。迟班长天天就知道指标，把我们当机器计算，这么个训练法好凶残啊。昨天搞我搞得太狠了，就因为没达标，大半夜让我一个人像个傻子一样绕着操场跑了十圈。十圈啊，回来连床都爬不上去了。

牛帅气呼呼地说着，随即长长吐了一口气说，老子真的不想干了，这么练会出人命的，还不如回去算了。这句话放在我心里好久了，不知找谁说，天天在心里堵得发慌。

崔成心里一惊，听他的口气不像是在开玩笑，于是劝慰道，迟班长训练是狠了一点儿，可也是为了我们好，你以为咱们是坐着飞机去天安门呢。人家当过真正的国旗兵，有经验，听他的准没错。还说呢，上次你吃不上饭，还不是他给你泡的面，怎么说他心里没想着你呢？再说了，哪能说走就走，不成逃兵了吗？回到家里，那人可丢大了，让你爹妈脸往哪里搁？

段世杰在一旁慢悠悠地说，你能不能小声点儿，怕谁不知道似的。迟班长是好心，可他这么做未必有好效果，太急于求成了。他原来是大队的典型，是标兵，急着想干出点儿成绩，表现一下自己。丁大队也信得过他，想拿他做训练标杆，放手让他做呢。

牛帅一瞪眼说，他想怎么样我管不着，反正我受不了了，被退回去又能怎样？大不了回去当厨子，丢人就丢人了，我无所谓。就当我后悔了还不行啊？再说现在我还不是军人，三个月后才正式授衔呢，那时候跑了才算是真正的逃兵。

崔成说，你真的不想当国旗手了？看你最近进步挺大的，熬过这段时间不就行了吗？像个爷们儿行不行啊？尽说丧气话。反正我铁了心想当国旗手，放弃这次机会太可惜，多少人想进还进不来呢。进了新兵营就没有回头路了，牛帅你不是挺能吃苦的吗？今天你怎么这么冲动呢？当得上当不上国旗手，总得试试吧。一切顺其自然吧，还有两个月时间，反正我死活也要挺到那一天。还没有进后备大队你就这样，更苦的日子还在后面呢！你今天说的话我就当没听见，也绝对不会打小报告的。我可不愿掺和你的事，你自己还是好好考虑一下，别做后悔事啊。

段世杰赶紧拉了一把牛帅说，人各有志，你别在这里胡扯了，崔成这一点真比你成熟多了，看人家的觉悟，咱们还是赶紧打扫吧！

崔成心想，牛帅的胆子本来就不小，现在他说的这些也不一定是大话。而段世杰在旁边也没起好作用，一看就知道他没少煽风点火，莫非他也有此意？

打扫完卫生，崔成劝牛帅直接和迟班长谈谈，就说自己不适应他的训练方式，看能不能调到别的班里去。牛帅苦着脸说，活祖宗，你饶了我吧。和他说，还不要了我的命？！他弄的指标我真搞不来，再说往哪里调啊？让迟班长的脸往哪里搁？你的方法根本行不通，就是一个馊主意。

崔成忽然觉得段世杰不是一个简单的人。别看他平常总是笑眯眯的，但他的笑与牛帅爽朗响亮的笑不同，也和李英俊傻傻的笑不同。他的笑都在眼角堆着，在嘴角含着，不动真心，他说话也滴水不漏的，让人难以捉摸。

虽说段世杰的话一般不多，却总是能说到点子上。训练时他学得虽然慢，但掌握得总是最扎实的。他是全班学历最高的人，读过一年林业大学，觉得索然无味，浪费时间，再加上他从小对军人有种特殊的崇拜，于是就参军入伍了。崔成觉得他平时对朱光明明显有巴结的意思，但朱光明从不吃这一套。细想一下，那也是人之常情。不过，崔成一直对爱动心眼儿的人没什么好感，他天生就是一个直肠子，凡事喜欢直接痛快，不喜欢绕弯子。

得到警务处就要到来的消息，崔成的心里不禁一惊。听老兵说，警务处就是来整肃军纪的。以前他们也下来过，检查干部是否有违风违纪的情况，而这次下来是因为有人专门写了上告信，把迟班长野蛮训练、体罚新兵的事给捅上去了。崔成断定这事八成与牛帅有关。

这几天迟班长看起来非常紧张。有人说，他被丁大队拎过去臭骂了一顿。之后七班的训练也比以前松了许多，很多项目也减掉了。在食堂吃饭时，新训大队的每个人都用异样的眼光看着七班，小道消息不断传来，一时间搞得大队的气氛紧张兮兮的。

当天晚上，迟班长把全班召集起来开班会，他倒没有如想象的那样暴跳如雷，只是脸色很难看，像是一个等待受审的犯人一样。迟班长说今天的训练会议简短一点，一会儿他有事要宣布。

这次段世杰表现得有点儿让人意外，他的话有点儿发难的意思，迟班长，你就如实告诉我们吧，像我们这样的素质、这样的训练，最后淘汰率有多少？

迟班长似乎觉得说出来挺残酷的，太打击士气，一副挺为难的样子，迟疑了一会儿说，差不多三个选一个吧。

屋子里的人相互看了看，气氛陡然沉重起来。迟班长见状安慰道，国旗班毕竟是千挑万选的，不可能人人都能上，所以才让你们这么用功。即使你们真的进了预备大队，还需要经过更严格的末位淘汰。再说了，即使进了国旗班，也不是人人都能上的，方队只有三十六个人，大多是经过两三年训练的老兵，有不少人一直到退伍都在做候补，这很正常，大家不要搞得像世界末日一样。每个人都要摆正心态，上国旗班固然好，但上不了的人也都有很好的去处，其他支队还争着要呢，经过国旗后备队训练的兵就是不一样，到时你们就知道了。

李英俊突然站起来说，不管怎么样，我都支持迟班长。哪怕这辈子升一次旗我也满足了，去不了的话都没法向家里交代。

迟班长对大家心平气和地说，我平常的训练是心急了一点儿，大家有什么意见可以直接说，这事弄到支队去，谁的脸面都不好看。说实话，我不喜欢不够光明正大的做法。明天警务处要下来调查，大家只管实事求是地反映，该怎么样就怎么样，不要有什么思想负担。一人做事一人当，既然到了这一步，我听从组织的安排。如果大家不欢迎，我就马上走人，绝对不会埋怨谁。说完他就一个人急急地出门了，留下大家面面相觑，不知道说什么好。崔成扫了一眼牛帅和段世杰，发现他们若无其事地坐在那里，躲闪着自己投过去的眼光，崔成心里不禁暗骂道，都是你们做的好事，这会儿还在这里装傻充愣。

大队接受询问的地点设在了自习室。警务处给所有的新兵都发了表格，其他班都是匿名填表，只有七班是个个过筛子接受询问，上级也是借这件事调查一下干部中有没有违风违纪的现象。崔成是第二个被喊过去的，警务处的干事对他很客气，和他唠了一会儿家常后，便问他有没有要举报的情况。

报告首长，没有，迟班长对我们一直挺照顾，可以说非常用心，训练又非常在行，要求严格又没有什么坏处，反正我挺适应的。七班每个人的进步都挺大的，大队谁不知道？崔成坚定地替迟班长说着好话。

那位干事透过眼镜片看着他，好像在怀疑他话语的真实性，然后问，你就这么肯定？没受过什么体罚？

崔成用不容置疑的口气说，是的，我觉得，迟班长是被人误解了，他的人品绝对没问题，是个难得的好班长，我可以保证。

这一晚上比哪一天都安静，屋子里弥漫着感伤而又沮丧的气氛，连李英俊哧哧漏气般的呼噜声也停止了，每个人都老老实实缩在自己的被窝里，想着各自的心事。

第二天，全班正常训练，并无异常。只是迟班长胡子没有刮，人憔悴了不少，但反倒显得更坚定更倔强了，目光仍然炯炯有神。

到了下午训练快要结束的时候，迟班长对全班的人说，我带你们不止一次地看了不同的升旗仪式，但今天我要让你们看看真人演示的升旗仪式。虽然我一次也没有参加过真正的升旗……说到这儿，他的嗓子有点儿哽咽了，停顿了一下，他接着说，我已经上万次地演习过，就是闭上眼睛我也能准确无误地走下来。因为没有礼宾枪，操场又不规范，我就简化动作，给大家大致比画一下。

说着他深吸一口气，唰的一声，身体陡然挺立起来。他自己喊着口令，肩枪、持枪、正步走、立定、敬礼……他仿佛置身于天安门广场，踏出的每一步都是那么充满力量，落地有声，每个动作都一气呵成，精确利落，没有一丝一毫的造作，没有一点点的生硬和突兀，就像呼吸一样自然、收放自如，整个操场都变成了他脚下的舞台。最后他收了动作，立在众人面前，红光满面，此时大家似乎从他身上看见了某种神圣的光彩。

此时操场上冷风习习，空气好像凝固了，全班的人都屏住了呼吸。其他班的新兵也好奇地看着这一幕，看着这位曾是新训大队最优秀的国旗手的表演，内心赞叹不已。

这种骄傲和成就感，是你们暂时还不能真正体会的。迟班长低沉地说，你们一生只有这么一次机会，为什么每个复员的国旗手离开时都掏心挖肺一般难受？因为每个人的服役周期都很短暂。我们原本都是普普通通的人，就是因为这个特殊的岗位，才能如此辉煌，从国旗班走的人没有一个人会后悔当年付出的辛苦。

全班人都被这一场面震撼了，听得心跳加速，热血上涌。突然，李英俊大喊一声，我一定要当国旗手。众人这才醒过神来，学着他的样子，齐声喊了起来。迟班长的眼睛湿润了，露出满意的神色。他挥挥手说，今天就到这里，解散，吃饭。

为了不影响新训大队的正常训练，仅过了两天，处理结果就下来了，迟班长只是被通报批评了一下，此事也就算告一段落了。

但是事情并没有就此完结，而且又生出了一场更大的风波。

有一次，段世杰问崔成，你知道什么是蝴蝶效应吗？崔成哪里懂这个新词，一下子愣在那儿。站在一旁的朱光明听了，接过话来解释道，就是一只蝴蝶翅膀的扇动，会引起一场风暴。当时崔成根本不明白段世杰说这句话的含义。

丁锐说新训大队出了个“阴谋家”，想搞政变，大家就猜他说的是段世杰，信不可能是牛帅写的，他没那个本事。因为上告信的事，丁大队长也受到了牵连，被支队的领导批了一顿。不过领导转而又说他带兵有方，带出了一个有思想的兵，这让他摸不着头脑。支队领导告诉他，那封上告信写得很有水准，而且还附了一篇《国旗手训练手记》的文章，让他回去看看明天出版的《人民武警报》，还说他带兵带得脑袋锈住了，对下面的兵太不了解，新时期带兵要有新办法。

全大队都在第二天的报纸上看到了那篇文章，署名赫然写着“段世杰”，内容是讲新时期新兵的特点以及训练方式的转变，里面还有朱光明和牛帅的影子，批评简单粗暴低级机械式的训练方式。这不明摆着指向迟班长吗？见了那篇文章，全大队立刻轰动起来了。丁大队说，没想到练兵练出个秀才，种西瓜种出个南瓜来，虽然挨了批，也觉得脸上有了光。《人民武警报》是什么分量的报纸，他心里有数，没有想到一个娃娃兵居然能掀起这么大的风浪，他立刻对段世杰刮目相看了，简直就是如获至宝，专门把他叫到队部去谈话。

崔成私下对朱光明说，没想到段世杰这人这么会钻营，拿人家牛帅当枪使，自己却出了大名了。

朱光明说，你这话太狭隘了。这说明人家有头脑，想法多，不甘寂寞，即使在这样一个封闭的环境中也能弄出动静来，以后一定能成一番大事，不信咱们走着瞧，他这么做都是有计划的，而且抓住了最好的时机。

崔成听得心直发冷说，这人挺可怕的，心机太深了。

朱光明说，那是人家有野心，又不是什么坏事，说明人家有上进心。

崔成突然想明白了一件事，说，听你这么一分析，不是说明你更可怕吗？

朱光明笑道，你觉得我可怕吗？我只不过是遇到简单的人就变得简单，遇见复杂的人就变得复杂而已。我说你要多读书嘛，你还不信。

不久，段世杰被叫到了总队机关。一时间，全大队议论纷纷。段世杰回来后，闭口不说发生了什么，也没有半点儿骄傲得意之色，还是跟大家一样训练，跟个平常人似的。

接着总队进行了一次“新兵训练方式转变”的讨论，还专门设立了信箱，热热闹闹地搞了一阵子“转作风”的活动。为此，新训大队还制订了新的训练计划，新兵的日子好过了一些，心里对始作俑者段世杰多少怀有一份感激之意。

一天，总队的首长没打招呼，就专程来到了新训大队，搞得丁大队长很是狼狈。大领导指定要看大队的队列练习，好在新训大队的训练一直没含糊过，整个过程没出现明显的纰漏。

队列演习结束后，总队首长又特意点名去了七班，与七班的每一个战士都握了手。轮到段世杰时，还问了一句，你就是段世杰啊？段世杰当时表现得很镇定。总队首长拍着他的胸脯说，你这个兵很不简单啊，有脑子，部队就需要像你这样既能吃苦又能动脑的兵啊，以后要多努力！

这个事件终于让崔成第一次明白了“蝴蝶效应”的含义，在他看来，段世杰就是那只只要有机会就能掀起风暴的蝴蝶。

第九章　会操比赛

段世杰被迅速提拔成了七班的副班长。对于这件事，全班战士并没有感到意外。选举程序还是很公正的，大家进行的是投票选举。也有人暗里猜测崔成的把握最大，因为他在班里的人缘不错，而且训练时的表现一直很抢眼，还是班上第一个领操的人。

当迟班长当众宣布时，崔成还是愣了一下，旁边的人用同情的眼神看着他，弄得他心里更不得劲儿了，面子多少有点儿挂不住，脸一下就红了。段世杰搞那种东西在行，但要论起真枪实弹的训练，从哪个方面也轮不到他啊！

一天半夜，轮到崔成和朱光明站岗。崔成看着疏朗的月光，心里多少有些伤感，对朱光明说出了自己的苦恼。朱光明想了想，还是淡淡地劝他说，你啊，就是想多了，这事轰动挺大的，搞得大队里闹哄哄的，你没上去反倒是件好事。

崔成问，为什么？

朱光明说，这你就不懂了，选段世杰当副班长，丁大队做得绝对漂亮啊。你当他随便定的啊？上次告状的事弄得他很难堪，但段世杰也给他挣了不少脸。

崔成装作什么也不知道似的问他，你一开始就猜到了是谁写的？

那不明摆着吗？朱光明说。

崔成惊讶地问，你凭啥就知道是他？

朱光明冷笑道，这种事也只有他能干出来，牛帅也只会咋呼两声。

朱光明的可怕之处，是能猜透别人的心思，他平常一副置身事外的样子，其实心里跟明镜似的。别说富人家养的都是纨绔子弟，那样的家庭环境也培养人的见识和境界。

这样的心思，我这一辈子也学不来了。崔成心想。

朱光明咬着嘴唇继续说，一开始我也是听人说的，要是按丁大队以前的脾气，这样的兵他肯定会一脚踢出去的，但现在不比从前了，部队要整顿风气。我想，这次他索性提拔段世杰当副班长，一是安抚大家，表明他不再计较这件事；二是给段世杰一个职务，让他以后再也不会说什么了，也让迟班长以后不那么为难了。再说了，这么多人不服段世杰，也够他干的。

崔成半信半疑地问，一开始你就算出来了？莫非你长了三只眼啊？

朱光明神秘地笑了笑说，我瞎分析的呗，凡事总有个道理，你以为那些书是白读的？你不知道吧？我的智商一百五十多呢。我知道你不服，其实想想，每个人都有闪光点。段世杰头脑够用，人其实不坏，就是心眼儿多了点儿，这一下全大队都知道他了，这正是他想要的效果。

话说透了，崔成那颗闹腾的心平静了许多，感到夜里的风也清爽了不少。朱光明一说起什么来，道理总是一套一套的。

他转而问起朱光明当兵后的感想，这件事他在心里嘀咕了很久了。

朱光明思索了一会儿说，这事你又不是第一次问我了。我到这里，主要是磨磨性子，人也会变得更积极些。其实人当初什么样子，当了兵也好，到了社会上也好，都不会有太大改变的。现在我觉得当兵的好处就是，人会变得更坚强更自制一些，磨掉一些懒惰散漫的坏毛病。连兵都当不好，以后恐怕做什么也都不行。你以为我来当兵是一时冲动，是来玩票、镀镀金，一不高兴就拍拍屁股走人，反正到哪里都有人管，就因为我家有势力，财大气粗？告诉你吧，一点儿不夸张地说，在这里我会被动地改掉很多坏毛病，环境造就人啊！我是个什么样的人，我自己再清楚不过了。其实来到这里后，我还要感谢你呢，我从你身上学到了不少东西。

看着朱光明真诚的眼神，崔成调侃道，我有什么好学的？就是一个没脑子的粗人。

朱光明很诚恳地说，恐怕你并不了解自己。我从你身上学到的最重要的一点就是立即行动，认准了马上就做，直截了当，而且敢作敢当。我呢，一直就是思想的巨人、行动的矮子。过去我喝酒、飙车，一直过着疯狂的生活，根本控制不了自己，但其实我一点儿也不快乐。有时候我喝醉了，耳边是呼啸的夜风，心都要跳出来了，我冲动起来，甚至想干脆撞死拉倒，就再没有什么烦恼了。你说我不是疯子是啥？年纪这么小就什么都拥有了，会轻而易举地把一个人给毁掉，家里人也知道，可有什么办法，总不能让我过着贫困的生活吧？我妈又太宠着我了，没有人能管得了我，我自己都管不住自己。到这里可好了，人人都能管我，我完全恢复到一个正常人的状态，这种感觉对我来说真的挺不错的。

朱光明嘴里所说的，对崔成而言完全是另一个世界的事情，他很好奇，但并没有羡慕之感。崔成骨子里最向往的生活，就是有一天能回到家乡，回到那片山林，安安静静地过平常的日子，那样他才能感到踏实。他是一个很知足的人，完全不似朱光明、段世杰那么有野心，这一点倒和牛帅相似。牛帅最大的心愿就是开一家自己的火锅店，有吃有喝有的玩，那样就心满意足了。

两个人穿着从迟班长那里拿来的大衣，在夜色里站着聊着，他们虽然天天朝夕相处，但很少有机会这样随意地聊天。平常生龙活虎、热血沸腾的操场此时寂静无声。

崔成觉得，自己在朱光明面前简直是矮了一大截。这世界上优秀的人真不少啊，朱光明就是其中的一个。

当然了，朱光明有时像个稚气未脱的孩子，做出来的事也挺可笑的，尤其是一到大事来临的时候，就会紧张得生理失调，但更多的时候，他像一个老谋深算的老人，能够明察秋毫，洞悉一切。

不知不觉一个月过去了，每个月末按惯例都有一次会操比赛，借此了解新兵阶段训练的情况，通常支队也有领导来参加，国旗后备队毕竟不是一般的连队。

刚下了一场小雨，每个人都能感觉到一阵阵寒意。操场的主席台上此时已经拉上了不少条幅，都是些训练口号之类的标语。

从走进会场的那一刻起，崔成就不停地搓着两腿，他生怕一会儿上场时腿会抽筋痉挛，那可就出大丑了。虽然指导员再三叮嘱，这只是一次普通的演习，就像平常的训练一样，用不着那么紧张，可眼瞧着支队的政委、参谋长都来了，大家都突然意识到检查真本事的时刻来临了。在这么多人面前表演，不紧张才见鬼呢!

与刚进军营时相比，新兵们虽然仍然稚气未脱，但经过一个月的训练，已经明显有了很大进步。比赛是按抽签的顺序进行的，七班排在第十，大家大大松了一口气，迟班长的手气不错。

入场之前，迟班长一句鼓励的话也没说，他心里有数，天天在操场上，哪个班怎么样都了然于胸。于是只对全班的战士说，就当作一次例行的训练就好了，仔细听他的口令，跟着他做就行了，用不着胆怯。迟班长还说就凭七班每天比别的班多练半个小时，其他的班根本就不是对手，功到自然成。

崔成心想，要像迟班长说得那么简单就好了，除了技术之外，心理素质可不是一天两天练出来的。就比如朱光明吧，平常一副稳如泰山的样子，昨天不也腹泻了吗？现在还病恹恹的。

迟班长虽然表面上毫不在意，但其实他比谁都在乎，作为上一届的训练标兵，大家都盯着他呢，他就是想要七班持续保持着在训练场上不可撼动的地位。

一班是第四个上。整个大队的眼睛都盯着他们班和一班，好在七班处在一个相对有利的位置。迟班长有句名言，一个人如果战胜自己有困难，那么就先战胜对手吧。就连牛帅也说，碰到一班这样的对手长斗志，否则连劲头也没有。段世杰肯定地说，咱七班的人连上厕所都在练蹲立，如果比不过他们，简直是天理难容。他比迟班长还有信心，自从当上了副班长，鼓动人心的事都是他做的。

众目睽睽下的比赛真是让人心慌啊！崔成看着首先上场的新兵哆哆嗦嗦的样子，心里就跟着发慌。在那种场面上，哪怕是肩膀轻微晃一下，腰不够直挺，脚踢得高一点低一点，转弯快一点慢一点，别人都看得一清二楚，瞒不了人的，更别提全班步调是否整齐、是否协调一致了。此时，平常训练的水平一眼便知，这时候他才觉得迟班长那么严苛是对的，他说得一点儿也没错。

一班一上场，水平立刻就显现出来了，首先齐刷刷的队形就让人眼前一亮。而范长江口令喊得格外响，一副舍我其谁的样子，根本没把别的班放在眼里。一班人的气质、秉性相仿，甚至表情、眼神也一致，仿佛是从同一个模子刻出来的，整齐得像一块铁板，迈开步伐就像有心电感应一样。范长江一副气昂昂的样子，仿佛他带着一班正神气十足地走上金水桥。迟班长看得眼睛都要冒火了，他知道与一班的差距，短时间还撵不上。队形只有整齐一致才有美感，才经得住看，等一班的所有动作都结束后，在场的人都忍不住感叹起来，大声拍手鼓掌叫好。

七班的毛病再清楚不过了，就是人心不齐，心不齐动作就容易打折扣。虽然每一个兵都花了不少心血，自我感觉练得也不赖，但人往一起一凑，总是不够合拍，短短的一个月很难弥合彼此之间的差异。比如李英俊和牛帅抬脚落脚的步调就不一致，朱光明虽然在七班里动作最标准，但他的身体还没有完全恢复过来，做基准兵有点儿让人不放心，所以迟班长就把崔成暂时调上去了，但崔成的稳定性不如段世杰，而段世杰的动作又不够标准。

眼见七班就要上场了，崔成的心开始狂跳起来，今天会操，他的责任太大了。只听丁锐一声喊，七班在迟班长的带领下迅速出列。之前，迟班长就出列的动作经过反复设计，每个人事先都有了心理准备，才不至于慌乱，显得比别的班都从容自如一些。

崔成虽然已经忘记了寒冷，但身体还是在不住地发抖，完全是神经性的，旁边的李英俊和牛帅也好不到哪里去。他默念了一下迟班长的指令，先让气往头上顶，挺胸收腹，无论如何，这股气万万不能泄了，否则人会显得软绵绵的，没有底气。

迟班长今天的声音提得特别高，就是希望全班的注意力立刻集中起来，忘掉一切杂念，尤其是排除底下观众的干扰。但是，面对一双双挑剔的眼睛，人会变得不真实，就像梦游一样。这个时候，只有迟班长令人震撼的口令像绳索一样牢牢牵着每一个人，但这一股力量是来自迟班长的，而不是真正从每个人身体里迸发出来的，所以全班的动作多少显得死板了一些，不够生动强悍。

一切还算是顺利，动作毕竟是千遍万遍地练过的，但是当全班战士随着口令正步走的时候，崔成用余光发现李英俊的脚下打了一下滑，身体随即晃了一下，好在他马上就稳住了自己，崔成为他暗暗地捏了一把冷汗。观众席上随即爆发出轰的一声响动……

就这样，十五分钟的表演瞬间就结束了，每个人都气喘吁吁的，连平常一半的水平都没有发挥出来，心里满是遗憾。最后听到迟班长收队的口令后，崔成只觉得人好像虚脱了一般，心想这次一定会输给一班了，尤其是李英俊出现的意外，肯定让他们的成绩大打折扣。但让人意外的是，他还是听见了高于一班的掌声，这让他不解，然后他晕乎乎地带着全班回到了座位上。坐下后，他和班上的人交换了一下眼神，彼此都流露出了失望的神情，他感到自己的一颗心猛然之间又提到了嗓子眼儿。完了，这段时间的训练算是白费了，迟班长不知有多失望呢！

崔成不禁想到，连一次再普通不过的会操都这样，而国旗手天天都要出现在众目睽睽之下，如果遇到重要的场合，比如国庆阅兵，绝对要保证零失误，那么他们是怎么练出来的呢？

不管怎么说，这次会操还是顺利地结束了，评比结果也很快出来了，每个班的表现清清楚楚摆在那里。一班果然毫无悬念拿了第一，如果要挑刺儿的话，那就是他们动作的标准还欠点儿火候。让全班没有想到的是，七班竟然名列第三，这样的结果让七班每个人的脸上都洋溢着喜悦，毕竟李英俊的动作失误得太明显了。

会操结束后，为了一探究竟，大家不自觉地把李英俊围了起来，问他会操时到底发生了什么事。李英俊一脸内疚，说行进过程中，因为刚下过雨，地面有点儿湿滑，他重心不稳，滑了一下，好在当时反应迅速，否则要是摔倒了，他都没脸见大家了。

迟班长上前拍着他的肩膀，安慰了他一番，说这次会操比赛李英俊表现得最出色，因为他的精气神全出来了……

这次会操比赛后，大家多少明白了迟班长的一番苦心，知道他是恨铁不成钢。当然他也有自己的私心：他要在拼命发奋的新兵身上燃烧起他心中熊熊的希望，让他重拾自尊。事实上他并没有失败，只是运气差了一点儿，但他总认为自己还是做得不够好。

晚上的班会上，迟班长首先表扬了一番大家，然后头一次吐露了自己的真心话。他有些激动地说道，一提到国旗班，我的心就像被针扎了一样。当年就是那次生病让我失去了进方队的机会。人家都顶上去了，我还能让人家下来吗？咱能干那种事吗？但是待在那里，每天看着队友们升降国旗，心比刀割都难受，大家也觉得像欠了我似的。我在那里度日如年，索性下来带兵，十几个班任我挑。之前有人说七班是个问题班，人员的背景杂，社会习气重，不容易带，还说一班班长带的兵才是真正的兵，人家是清一色的山东临沂兵，底子好，身体棒，守规矩，但我一直不这么看，你们比别人一点儿也不差，我就是要带着你们重回国旗班，每一个人都算上。为这事我还和丁队长打了赌，如果不把你们带进国旗班，我就干脆不混了，直接卷铺盖回家。

七班的每个人都被他的话感染了，内心受到震撼。段世杰首先站起来表态说，我就不信比不过一班，一样是血肉之躯，我们一定要争这口气。他这一次的话是诚恳的，没有丝毫的做作。

李英俊霍地站起身说，班长，我们拼了命也要给你长脸，我绝不会再拖大家的后腿。

不知道什么时候，朱光明站起来说，班长，我要说两句实在的。我分析过，一班就整体来说，人员比较均衡，来自同一个地方，抱团，体力比我们是高出一筹；范班长又是老乡，格外地花心思。可他们很骄傲，从不把别的班放在眼里，连丁大队对他们也高看一眼。而我们的优势是，别人还没有把我们当作真正的对手看待，如果没有迟班长的带领，我们只能做人家的陪衬，会眼睁睁地被淘汰。话说哀兵必胜，只要我们死咬住一班，肯定有胜出的那一天。迟班长说得没错，每天只要比他们再多训练半个小时，日后必见分晓，不就是比谁肯下笨功夫吗？为这个，我们每个人都要拼。我来这儿就是要上国旗班的，是为了向自己交代。

大家都觉得朱光明的话说得入理，这个时候的他突然焕发出了特别的光彩，这种光彩在平常是难得一见的，大家不禁从内心里对他刮目相看了。

牛帅接着说道，我们的训练科目都差不多，我们明天继续加码，只要有这个劲儿，就输不了。我和朱光明、李英俊的体力不够，每天再加练3000米长跑。

迟班长眼睛红了，摇着手说，我要谢谢大家的支持，大家的心情可以理解，但大队有规定，不能额外再给大家增加训练量。欲速则不达，我心里有数。训练还是得有个度，要是练伤了谁，我可真就成罪人了，怎么向你们家里交代？

崔成突然发现整个班一下子变了很多，每个人都是一副跃跃欲试的样子。同时，他发现自己也变了，变得更加果敢、成熟、无所畏惧了。

第十章　父亲崔立国

要说起崔成的家乡白马村还是挺有一番来历的。

据说，当年乾隆皇帝在出巡东北的路上，一匹心爱的白马累死在路上，乾隆见此处风景秀丽，便命人埋马于此，故名白马村。

崔成的父亲崔立国原来是山东人，父母早亡，被人收养长大，家里没什么实在亲戚，后来在东北当兵才真正有了家。

这一切都是因为赵南山。崔立国当兵那会儿，来自白马村的赵南山是他的战友，他们在同一个连队当坦克兵，两个人非常投缘。崔立国原本打算复员回山东老家的，却被赵南山硬生生地拉住了。赵南山知道崔立国在山东没有个正经的亲人，再说了，闯关东的大多是山东人，生活习惯都差不多。赵南山看崔立国人品不错，就把自己的妹妹赵雪梅介绍给他，想让他在白马村安家立户。

至今，崔成家里的一个老式相框中，还镶着当年崔立国和赵雪梅的照片，其中一张是崔立国当坦克兵时照的，人长得相当精神，站在一辆坦克边，一副英姿飒爽的样子。崔成一直不相信那个人就是自己的父亲，那时的父亲看起来挺斯文的，哪像现在凶巴巴的样子，脸像刀削斧劈一般；相比之下，照片中的母亲就显得普通多了，梳了两条短辫子，一张圆润的脸，笑眯眯的，眼睛细成一条线，看起来挺喜庆。

这桩婚事是赵南山硬生生促成的，足见他对崔立国的信任。

当时赵雪梅在白马村当民办教师，平时也干些农活。赵南山当时就拿着张照片向崔立国介绍的，崔立国为这事琢磨了很久，碍于战友的情面，他答应跟着赵南山去白马村相亲。见面之后，崔立国立马就答应了，他觉得赵雪梅长着一张旺夫脸，身体结实能干，而且有点儿文化，人也挺善良的。

但让他们没想到的是，那时的赵雪梅正在和镇里的一个教师谈恋爱，瞒着家里已经私订了终身，迫不得已才答应相亲的，过后对赵南山说没看上崔立国。

赵南山打听清楚情况后，气得火冒三丈，死活要她和那个人断绝关系，还上门把那个老师痛打了一顿。按家里的规矩，父母早亡，长兄为父，家里一切事都得赵南山拿主意，尤其是结婚嫁人这种大事。因为赵南山再三逼婚，那两个人差一点儿偷偷私奔了，但还是没瞒过赵南山。两人被迫分手后，赵雪梅还为此喝过一次农药，人好歹救过来了，身体落下的毛病至今还在。

就这样，赵雪梅带着几分疯癫，心不甘情不愿地嫁给了崔立国，婚事也是赵南山一手操办的。崔立国后来知道这件事，并不觉得有什么丢脸的。就这样，崔立国倒插门进了赵家，户口也落到了白马村，安心在当地做了农民。而赵雪梅自从嫁给了崔立国，尤其生了崔成之后，便像换了一个人似的，死心塌地地和他过上日子了，过去的那段私情就算完全了结了。崔成还是后来才知道这事的，崔立国还时常拿此事敲打他，说他身上有着赵雪梅一样的软骨头，容易在女人身上栽跟头，并告诫他说，小子，要记住，男人万不可用情太深，那样干不了大事的。

赵南山复员后，做了一名护林员。全三河镇也就三四个护林人，守着几千亩山林，其辛苦可想而知。崔立国曾经带着崔成走过其中大多数山岭，那些所谓的山道沟沟坎坎的，有的甚至算不上什么路，春天一来，很多路就又被茂密的杂草和灌木覆盖了，这时就要挥动镰刀重新开道，那活儿可不是人人都能干得了的。

有时，崔成一个人站在密密麻麻的林海之中，感到说不出的压抑，甚至觉得有些恐怖，而崔立国却好像已经和这大片山林融为一体，一草一木都成了他最可靠的亲人。他能说清每棵树的来龙去脉，一天不进林子，他就着急上火的。他能分辨出森林中的各种植物、动物，人简直像着了魔一样，一点儿也不感到枯燥乏味。林场的护林工大多耐不住寂寞，又嫌工资低，一批接一批地走了，唯有崔立国护林的时间最长，对这片山林的感情最深。父亲经常会在林子里采摘五味子、松子、榛子、蕨菜等山货，崔成总能吃到新鲜的山菜。

那年冬天，赵南山失足坠崖摔死了，人找到后简直没法看。有人说是盗木者合伙下的毒手，因为他太较真，断了人家的财路。崔立国从不相信他会失足，赵南山是多小心谨慎的人啊，而且他从小在山林中长大，怎么会出那种意外？

赵南山死后，崔立国立刻接过了他的班，他发誓要找到害死赵南山的人。从前挺和气的一个人变得前所未有的凶，完全六亲不认，谁想偷砍一棵树简直是要他的命。崔立国就像一头孤独的狼一样守护着属于他的领地。结果没到一年，他差不多把全镇的人都得罪了。都说是靠山吃山，谁都指望从林子里弄点儿零花钱，再说了，谁家不用几根木头烧火、做房梁、打家具什么的？碰到这么个死性子、不讲人情世故的人，谁也没办法。崔立国硬得就像一块顽石，有人恨得骂他绝户。

山里的滚地雷很厉害，有一次他被雷劈到了，身后一棵两臂合围的树被劈成了两半，而他居然幸运地逃过了一劫，只是胳膊上留下了蚯蚓般的疤痕。护林的时间长了，他变得像那些树一样寂静、顽固，顽强扎根在山上，过着差不多与世隔绝的生活。

提到崔立国，人们还会说起他身边那条名叫“坦克”的狗。它的一条腿被一个盗木贼用木棒打瘸了，可是它硬是一瘸一拐地撵到了盗木人的家里。就因为这，它不知被人下过多少次毒，有一次还险些被毒死。虽然落下了一点儿残疾，但它仍然能爬山登高，镇子里的人说它比崔立国的命还硬。崔家连人带狗谁都不敢惹。

山上的一草一木都在崔立国的心里，有时他带着“坦克”上山，寂寞到极点时，会忍不住狂吼几声，听听群山的回声，“坦克”也会跟着主人在一旁狂吠几声。与一般的护林人不一样，崔立国闲着的时候就会研究植物和中药，他还学会了手绘地图，只要他乐意，什么宝贝他都能从山上采到。

赵雪梅流产过两次，孩子总是保不住，人家都说是报应。直到四十多岁才有了崔成，是立秋那天生的，而且一出生就身体壮实，像个狼崽子，崔立国最大的一桩心事终于了结了，堵住了那些暗地里诅咒他的嘴巴。

崔立国在当地人心中就是一个有特异功能的人，他总能找到被盗木者放倒的木材。那些人一般先把树用油锯放倒，一段一段截好了，藏在树丛里，夜里再套上马，沿着毛毛道把一根根圆木悄无声息地拉走，随后送到木材厂，剖成板材，变成地板和家具。那些偷猎的、烧炭的、砍柴的、采摘山珍的人从来没有断绝过，茫茫无边的森林掩盖着他们的踪迹，但没有一个人不对崔立国惧怕三分。他们说他就是一头狼，就算将东西藏到石头缝里他也能找出来，而且动起手来不要命，狠得连石头都能咬出血来。

一次，他被几个黑道上的人暗算了，差点儿丢了性命。自从那次受伤之后，他的腿脚就大不如从前了，再加上年纪也大了，他打算退休了。正好赶上省里新政策，崔立国提出要承包几座荒山。同村的谷文化多精明啊，一听这事就眼红了，撺掇着家里的亲戚承包，要和崔立国争个高下。

为此，镇里村里开了会，最后还是包给了崔立国。镇长说，这事我不偏心，别看你们祖祖辈辈都生活在这里，但说起林子的事，最内行的还是人家崔立国。人家忠心耿耿，没有一点儿歪心眼儿，差点儿把命都搭进去了，有谁比得上崔立国，我马上交给他。人家还是多年的优秀护林员，省里电视台还报道过呢，你们谁行？

崔立国不但倔强出了名，论起头脑来，十里八村也没人比得上他。

崔成退学后，想去北京跟赵老六学做生意，崔立国当时没同意，说他得亲自看看再说，他一个毛还没长齐的小崽子知道什么。为此他专门去了一趟北京打探情况，留下崔成和“坦克”看护着林地，还嘱咐他天天写笔记。

回来以后，崔立国一副成竹在胸的样子。晚饭时，他把崔成叫到跟前，端着酒杯说，这事还算你小子有脑子。你六叔笨啊，我在他的摊位待了两天，看得心里直冒烟上火的，这样的生意竟然让他做得不温不火，可惜得很。他在北京做买卖心眼儿差老远了。

崔成问怎么回事，崔立国说，我算看清楚了，那里的人就是求个真，要的是脸面，图的是省心。你这次去，这几句话千万给我记住了。你爹虽然天天与树木打交道，说起来事事都是一个理，就看你开不开窍。三河镇的人谁能赶得上我这么上心的？县里要砍伐、要植树、要规划、要地质勘测啥的，还不都得来找我？咱家要承包荒山，知道的人都来争，都明白里面的利益大，但是县里二话不说就批给了我，为啥？谁有我清楚这方圆几千亩林地？山里的一道沟一个坎都在我心里呢。做生意也一样，你还嫩着呢。

崔成问，你看我能做成不？

酒喝得高兴了，崔立国头头是道地分析道，我看悬，原来也没指望你能做什么大生意。你退学的事我二话没说过吧？打架不是你的责任。其实我早替你想好了，你根本不是读书的料儿，别再白白费钱在那里蒙人糊弄事儿了。你现在就是见识太浅，我寻思着这么早窝在山沟里可不是法子，让你先去闯荡两年。再说这林子又没长腿，等你长了见识，以后回来再决定干什么也不迟，最不济就跟着你爹干，日子也差不到哪里去。做买卖绝不是件简单的事，我看你也够呛，练两年就回来。再说了，回来没啥不好的，不是有不少城里人到农村里包山种地吗？现在农村什么没有？什么城里繁华啊、热闹啊，买张车票，一抬脚就到了那里，没有什么稀奇的，还不是吃喝拉撒那些事儿。我看城里的大多数人都是瞎忙活，比农村好不了多少。

崔成在北京的买卖做得有点儿模样了，也挣了几个钱，原打算继续大干一番时，却不想让崔立国一个电话叫回来了。崔成琢磨着父亲这次又有什么说道，他的预感是不会错的，否则不会轻易把他招呼回来。不论什么时候，父亲管教他一点儿也不含糊，自有一套章程，而且根本不在意他想啥。

进了门，崔成掏出一大堆从北京买的东西。崔立国盘着腿坐在炕上，眼皮也不抬一下，先干了一盅烫热的白酒，然后慢腾腾地说，你的事老六都和我说了。这次把你弄回来，是有道理的。你在那里干了半年，就听了一个丫头的话，另立了门户，这事你干得真有种，做得也没毛病。其实，我让老六把你带出去，就准备好了你哪一天自已单干，就是混得光屁股回家，我还可以替你还债，没指望你真挣到什么钱。没想到，你还真干出点名堂来了，不愧是我的儿子。

可你做事真不地道啊，把人家老六的客户都拉到你那里去了，那是人干的事吗？你知道你老六叔在北京卖了三年早餐，看摊守业的，一点一滴就积攒出那么点儿人气，你就忍心一声不吭地占便宜？没这个道理的。你脑子活，开发个新客户，弄点新货源，这方面老六叔没有你会弄，但抢客户都抢到你六叔头上了，而且你连个屁也不放，我看你是独食吃惯了，也不知跟谁学的这一套，我以后还在人家面前怎么做人？

还有一件事，你还和那个北京丫头勾勾搭搭的，一到晚上人就没影了，又是喝酒又是唱戏的，也不看看你自己啥身份，攀得上人家吗？我看你现在很危险，根基还没站牢就想向上蹿，就是一个浮精。说到底，那不是咱的正业。心不正人就不正，做啥买卖都是个完，做多大买卖也不中，不是做买卖赔完了，就是买卖把你给毁了。北京是好地方不假，但我算是看明白了，你和你爹一样，一辈子脱不了泥腿子的命，你还是认了吧。人就应该活自个儿的本分。你现在人浮得很，看看你现在这副德行，打扮得花里胡哨，像个地痞似的，以为自己是城市人了？这事没啥可商量的，麻溜儿给我回来，把店让给你六叔。

有一点还是值得肯定的，这次你在外面还算是混出点儿名堂了，总算没有给我丢大脸。你也不小了，这次要跟你讲讲大道理。我和你妈硬朗着呢，三十年内用不着你尽什么孝，不会给你添什么负担。我的意见是，再过五六年，你再跑单自己做生意。可你妈护犊子，那是妇人之仁，这事还得我拿主意，老子明白的事理还够你用一阵子。对人要忠义，对事要认真，你的道行太浅，有个风吹草动的，就吹得没影子了。就是因为你身上没有规矩。

我算明白了，人啊，对国要忠，对家要孝。生意做多了，心眼儿容易跑偏。你以为你偷偷摸摸找村长承包稻田的事我不知道呢？我就是不吱声罢了。头一年就是想看你赔个底儿掉。你知道现在一亩田多少人工，用多少料，这地用啥种子吗？我虽然看林守山，可也种了几十年的水田，还不比你明白多了？

崔成一声不吭地听着，满心的不服，他望着父亲那张冷峻的脸，心想，说我独，我还不是兔子尾巴随根，你还不是一样，十里八乡谁不说你独呢？

这次崔成意外被招了兵，崔立国还从没这么高兴过，把赵家的亲戚和朋友都请来吃宴席，这绝对很少见，谁不知道崔立国抠门，想让他请吃个饭简直是天大的新闻。崔立国在酒席上，红着眼睛对崔成说，我这一辈子最对不起的就是你舅舅赵南山了，也没有为他做点儿啥。有了他，我崔立国才有了一个家，才有了你崔成，你千万不能忘了本。这次部队愿意收你，真是你的造化，懂吗？那是人家赵家人积的德。你崔成要是个好样的，就得想法进国旗班，我要到你舅舅坟上显摆一下，让他高兴高兴。我的要求不高，你老老实实干三年就成。今天我把这话放在这里，复员之后你愿意干什么就干什么，我绝不拦你。

白马村有两个名人，除了崔立国，另一个就是他的对头谷文化。谷文化从来没把崔立国放在眼里，认为一个不知哪里来的外来户和他没啥可比的。

谷文化的父亲原是省里的一个名医，被批成反动学术权威后，下放到白马村改造，没想到人就一直留在这里了。落实政策时要接他回去，他死活不肯，说在这里照样能行医治病，不想再折腾了，那才是一个大聪明人呢。

父亲去世后，谷文化靠着家传的医术，再加上又懂得西医，渐渐有了点儿小名气，几千里之外的人都因为谷家的医术找上门来，真是一招鲜能吃遍天。他还拉一手好二胡，每当酒酣耳热之时，就会拉几曲助兴抒情。他媳妇又是村办小学的校长，所以日子过得有声有色。他天生好结朋交友，家里天天摆着流水酒席，座上都是些有头有脸的人。他家又有几亩水田，现在雇人种着，每年他都带着媳妇旅游几次，算是出外长长见识，日子过得有滋有味的。

大女儿谷水月嫁给了副镇长的儿子，在机关里上班。二女儿谷水清嫁给了县上一个做石材生意的商人，做了全职太太。姑爷为了孝敬他，专门给他买了一辆轿车，谷文化就把它摆在一个空出来的仓库里，自己根本没动过，放在那里全当是展览了，搁着发锈也不心疼，要的就是一个派头。

唯独可惜的是，家传的手艺无子传承。有人说，谷文化的父亲曾经一再告诉他做人要低调点儿，可他偏偏反其道而行之，十分张扬，违背父训，所以得了这个果报。

老谷家的女儿都很有出息，前两个嫁得那么好，人家说，小女儿谷水秀还不得嫁到国外去！一提到女儿，谷文化总是一肚子的得意。其实这一切都来自他的精明，他天天开着酒席为了啥？但嫁女嫁得再好，那也是人家的，一想到这儿，他就感叹，人算不如天算。谷文化最大的心愿就是能有一个男孩。每当他看见健壮得像一头小牛犊似的崔成在他面前晃过去的时候，就禁不住一声喟叹，就是这一件事让崔立国把他压过去了。

而崔立国心里也一直对谷文化不服气，指望着有一天让谷文化对他心服口服，不再瞧不起他。为此，崔立国做了一件最漂亮的事，那就是为白马村建了一座桥。

村子里原来有一座连接河两岸的桥，是铁链加木板的吊桥，由于年久失修，早已变得破败不堪，走在上面摇摇晃晃的，让人心惊胆战，每年都有几个人失足掉进河里，好在河水不深。有一回，谷文化到对岸喝喜酒，不小心掉进河里了，硬是一个人扛着自行车过了河，回到家他酒还没有醒，忘了自己是怎么回来的了。

村里人这么多年来一直嚷着要建桥，这事一开始都是由谷文化一手张罗的，但一到花钱出工的事上，大家又都不齐心了，弄得他也灰心了，这根本就是件吃力不讨好的事嘛。当崔立国说自己打算筹钱建桥时，谷文化鼻子哼了一声，就凭他？村民也大多不相信，以为他在开玩笑，嗤之以鼻的大有人在。他们根本不相信村子里几十年都没办成的事，他一个外来户能完成。还有人怀疑他私下做木材生意挣了钱，于是就有人举报——这事也有谷文化的份儿，上面为此专门查下来，结果还了崔立国一个清白。

这年秋天枯水期到来时，崔立国便领着人运来石方，开始打桩，村民才相信他这次是动真格的了。崔立国一声不响地做着这件事，白马村的人感到脸上实在挂不住了，纷纷出工筹钱，这时桥已经修了一半了。事后，崔立国也不张扬，这一点他与谷文化的做派正好相反。谷文化在这件事上算输给崔立国一次，但他心里总不服气，想着什么时候再把面子找回来。

可让他万万没想到的却是，自己最疼爱的女儿谷水秀居然看上了崔成！他得知这件事后，简直像遭天打雷轰一样。

第十一章　谷水秀（一）

会操比赛之后，崔成才收到了第一封家信。父亲一向就这样，做什么都不急不躁的。打开信一看，里面夹着上次他要的照片，照片中的他牵着“坦克”站在家门前，那时他才刚上高中，显得那么清瘦，还不够结实。

但他怎么也没想到的是，这封信竟然是由谷水秀代写的，一时间他感到自己的一颗心止不住扑通扑通地跳起来，那一刻，他才意识到自己真正喜欢的女孩就是谷水秀。就像常小美说的，爱一个人心最清楚，骗不了人的。他对常小美就从来没有产生过如此的心动。

上铺正在看书的朱光明瞟了他一眼，仿佛看穿了他的心思，但并没有吱声，两个人心照不宣；旁边，牛帅正在教李英俊学说四川话，两个人嬉闹着，像无拘无束的孩子一样；段世杰还在一门心思地专攻教材，就数他最有正事。这一刻的寝室让他有种说不出的温馨。

按说母亲是教过书的人，父亲天天读书看报，也是很会写的，而且他又写得一手好字，更何况他每天还都要写巡山日记，可是让谷水秀代笔，其意不言自明。崔成便在心里暗暗地笑了起来，老崔啊，你还真懂我的心，这一手真够狡猾的！

父亲告诉他，那天“坦克”果然去了月亮门，找到它时，它已经奄奄一息了。按照它的心愿把它埋在了“大烟地”，没立什么石碑。不久，父亲又向人家要了一条土狗，也是一条非常结实的黑狗，也取名“坦克”，还说到时候会拍个照给他看看，可见父亲对“坦克”念念不忘的情义。父亲还说，今年的收成不错，卖出去一批山货，价格不低，最让他高兴的是，砍伐证已经托赵老六办下来了，这可真是不容易，这事磨了三四年了。虽说还没有立冬，但家里早早就落了一场雪，没站住，都化没了。这次他听了谷文化的话，强拉着母亲到县里检查了一下心脏，看起来没什么大碍，就找了个中医，抓了几服药，正在调理呢。

前段时间，谷水秀专门到家里打听他的情况，说是要托他们捎给他一封信，于是就干脆让她顺便代写了，让他放下心来，好好训练，进不了国旗班最好就别回来了，不能让村里的人给看扁了。

看着信，崔成眼前浮现出父亲那张石刻般的脸，他想象着父亲一定带着得意的笑对他说，你小子真能耐啊，还真一点儿没看出来，啥时候把谷家最耀眼的千金骗来的？真给老子长脸了。要是让谷文化知道了，还不得疯了！

谷水秀写给崔成的信上说，她考上了省里的师范学院，专业是学前教育，已经入校一段时间了，每天过得非常忙碌，也很充实，与高中相比，生活完全不同了，她正在适应。然后她诚恳地说，她总忘不了崔成挺身而出相救的那件事，并且还为她受了伤，她总觉得崔成是因为她才退的学，心里一直感到非常不安。其实她一直在打听他的消息，得知他退学后去北京跟赵老六做买卖去了，情况还不错，才放下了心。由于她那时的学业太重，高考的压力太大，就没有联系他。这次听说他参了军，还是去当国旗兵，很替他高兴，就找到他家，想写信表达一下心中一直以来的那份感激，还希望可以常和他通信联系。信的最后，她把自己在学校的地址留下来了，还补了一句话，说她特别好奇军营里的生活，她从小就崇拜军人，希望他能仔细和她讲讲。

信写得很委婉含蓄，表面上平平淡淡的，但意思明摆着，一个女孩主动代写家书就足以说明一切，崔成当即就领会到了她的深刻用意。

信上的每个字，就像桃花河流淌着的明亮清澈的河水，不断地冲刷着他的心，把他带回到过去的记忆中。谷水秀是那么高傲，那么纯真，那么冰雪聪明，又有那么些小任性。他想都不敢想她能主动找自己。一想起她那张清秀的脸和有些忧郁的眼神，他的心立刻就化了，这才是他真正想找的女人啊！

在一个屋里朝夕相处，每个人但凡有点儿异常举动，旁边的人就都能看出点儿情况。牛帅笑嘻嘻地说，崔成，我发现你收到信后就像狐狸偷到鸡一样，又走桃花运了，是不是那个常小美又来信了？还是把情书公开一下，让大家过过瘾好不好？没看到大伙儿现在日子过得像和尚一样啊，干巴巴的，一点儿味道也没有。

常小美的事虽然闹出点儿风波，但早已平息了，崔成已经当着大家老老实实做了交代，迟班长也替他解释过。此时一听牛帅这么说，就恼怒地说，你小子放屁。这件事，迟班长你可要为我做主啊！

迟班长说，牛帅，不许造谣，这话可不能随便乱说，情况我比你清楚。

段世杰在一旁添油加醋道，迟班长你就是偏心，不信你好好看看，这小子一接到这封信，人都变了，迷迷糊糊的，像在云彩里飘着一样，肯定情况不一般。谁接到家里的信会这个样子？绝对有特殊情况，有好事和兄弟们一起分享嘛！

说着大伙儿起哄要来抢信，崔成见势不妙，又向迟班长求助。

迟班长拦着众人说，这事是人家的隐私，看别人的私人信件是违法的，知道不？你们有本事自己找个对象让我看看，眼馋什么？但谁谈对象都绝对不能影响训练。再说了，崔成你小子有啥情况，绝对不能隐瞒组织，再发生常小美那样的事，我可饶不了你，现在都啥时候了？

崔成忙不迭地说，迟班长说得对。绝对是家信，是大家误会了。说着就把那张照片拿出来给大家看，暂时糊弄过去了。

两个女孩在他的心里浮浮沉沉的，崔成更坚定了自己对谷水秀的想法。他上次写信，对常小美是狠了一点儿，但他那样做也是不得已的，否则会真的耽误了别人。

琢磨了一会儿，他先把给家里的信写完了。信写得比较简单：

家里寄来的东西都收到了，土特产也都分给大家了，东西很新鲜，班里的人都挺开心的。知道父母身体健康，心里非常安慰。我在这里一切都好，伙食也不错，也交到了一批新的朋友，领导对我也挺照顾的，日子过得挺顺心的。

新兵营里的训练很紧张，但我还是能适应，想当国旗手就得吃点儿苦。现在我比过去也结实了不少。我十分想念家里的一切，替我照顾好“刀尖”和小“坦克”。新兵训练结束后，我争取进后备大队，这样，进国旗班才有希望，我一定不会给你们丢脸的。

还有一件事我要说，虽然现在说出来还早，但我想通了，父亲说得对，大城市还是不适合我，等我复员以后还是回到白马村种田种林，接父亲的班，搞点儿经营开发比较靠谱。

到了给谷水秀写信时，他犯难了，客客气气写一封问候的信吧，无法表明心意，但要是写深了，假若谷水秀不是这意思，那自己的丑可丢大了，女人的心谁又能猜得透？原本自己在她面前就自卑，都压了这么多年了，要不是她来信，他根本不敢往这上头想。

崔成为这信费了千般思量，但也找不到人商量，他可不想再因为谈情说爱的事惹出事端，常小美那件事已经让他够受的了。说起来，牛帅好像有点儿社会经验，但这个家伙的嘴巴太大了，大队的每个人都是他的谈资，这事让他知道了，还不给传得沸沸扬扬的？他想和朱光明说说，又怕惹起他的伤心往事，也只能作罢。

躺在床上的时候，暗藏在身体里的柔情一时间喷涌而来，他已经感受不到训练疼痛的折磨了。这时他才领会到一种叫作柔情似水的东西，里面还夹杂着青春缥缈的感伤，一时难以说清。就在这间满是男人汗味的房间里，崔成心里淌出一股清清亮亮的东西，清新洁净。这是他以前从未意识到的，那些字在他眼前跳跃着，混合着白马村的皑皑白雪、青草山林、淙淙流水，向他扑面而来。

从见她的第一眼起，她的那双眼睛就已经让他无处藏身。他一度想把她忘掉，也一度忘掉过，可是就在一瞬间又一触即发了，再也难以断绝，真是又幸福又痛苦又急切又神秘，一会儿近在眼前，一会儿又缥缈无迹。此刻，谷水秀好像正笑吟吟地看着他，无论他跑多远，都无法逃离她的注视。

折腾了一晚上，直到第二天，崔成才终于鼓足了勇气，给谷水秀写下了第一封信：

收到你的信很意外，反反复复读了几遍，才动笔写给你。我真的很高兴为你做了那件事，那完全是我心甘情愿的。我离开学校不是别的原因，是因为我根本不是读书那块料儿，白白浪费时间，你根本不用过意不去。知道你考进了省师范学院，真替你高兴，你在我眼里一直都那么优秀。时间过得真快，从离开学校的那一刻起，我意识到我们可能要长久地分别了，也许是永远。我不可能再在白马村见到你，因为听说你父亲早就安排好了你的未来，不会让你留在山沟里的。但不管你以后如何变化，我都无法忘记你，这是我内心最真实的声音，我不想再掩饰了。我也不怕你笑话，过去我在你面前一直很自卑，不敢去接近你，在我心里你就像是女神，美丽、忧伤而又神秘。我读的书本来就不多，这大概是我所能用的最好的词了，你别笑话我。

如果不是你的来信，我只能将这种感觉永远地放在心里，不会说出来，只能默默地祝福你拥有光明无比的未来，找到属于你的幸福，那是你应得的。虽然我们在一个村里住了那么久，但一直就像是两个互不相干的陌生人，你一直在外读书，只见过那么有限的几次。不过，就这几次就足够了，够我回忆一辈子的。

原谅我大胆地说出自己的心里话，说出来心里就痛快了，对我来说，这已经足够了，再也没有什么可遗憾的了。

写完这封信，崔成心里感到轻松多了。

崔成和谷水秀就在一个村子里住着，她在河之北，他在河之南，虽然只有一座桥的距离，但是他们并没有真正见过几面。两家一直是对立的关系，基本是老死不相往来。为了不求谷文化，崔立国自己还专门备了一个药箱，有个头疼脑热的自己解决了事，大一点儿的病就去镇医院。好在崔成天生底子好，和他父亲一样，很少得病。

因为崔立国，崔成很早就成了白马村甚至是三河镇的名人，他打架打得凶，十岁就敢一个人在找不到边的林子里晃荡，长大一点儿就敢拎着斧子撵着盗伐者满山乱跑，村里人都称他狼崽子。

谷水秀第一次给他留下深刻印象是因为家里发生了一件大事。

那次崔立国护林时，被几个盗木贼用麻袋蒙住头一顿痛打，还被捅了一刀子。当他被抬到谷文化家时，人已经快不行了，若不是他有些昏迷，恐怕宁死也不肯去的。

刚抬去的时候，崔立国在谷文化家的炕上痛得来回打滚，血溅得到处都是，赵雪梅在一旁哭喊着，不断地哀求谷文化。

谷文化检查后发现，崔立国后背被捅的那一刀挺深的，刀尖还留在身体里，头上挨的几棒子也不轻，好在崔立国的身体结实，换作别人早就没命了。

谷文化摸了一下崔立国的鼻息，又仔细查看了一下伤口，然后一脸镇定地喝了几口酒，让村里的几个棒小伙按住崔立国的手脚，用一个镊子，硬是把刀尖拔出来了，随即扎了几针，再用调制好的药涂抹了伤口，最后包扎起来，总算止住了血。之后，马上让人开着车把他送到了县医院，崔立国算是捡回来一条命。

为这事，赵雪梅提了一大堆礼物，带着只有十岁大的崔成来到谷家。一进门，她就跪在冰凉的地面上，拉着崔成一声不吭地磕了几个响头。谷文化连忙扶起来说，老嫂子，你这样不是折我的寿吗？

赵雪梅说，俺家老头儿的命是你救的，孩子他爸现在在医院里不能来，他让我告诉你，他欠你谷文化一条命。以前都是他的不是，错看你了，以后只要用得着崔家的，他一定以命相报。

谷文化有些感动地说，我是当大夫的，再怎么样也不能见死不救啊。这也是你家老崔的命大造化大，换作别人早没命了。你告诉崔立国，他并没有欠我的情，叫他千万别那么想。那帮人下手太黑了，还是让他早点儿换个别的事做吧！

崔成磕头时，一抬头正好看见了站在跟前的谷水秀，她正用吃惊的眼神盯着他，那眼神里更多的是同情和怜悯，虽是短短的一瞬间，却已经深深地烙在了他的心里，让他有种说不清的屈辱和卑微，这让他每一次见她的时候总是抬不起头来，他曾经是一个多么骄傲的人，竟然抵不住她的一眼。

第二次给他留下深刻印象的那件事，发生在一个冬天。那天，崔立国去县城办事没有回来，崔成一个人带着"坦克"巡山时，在山上无意间发现了谷文化的侄子盗走了几根圆木。崔成没有顾得上细想，就带着"坦克"顺着雪印一直追到了谷文化家。崔成气冲冲地冲了进去，想要讨个说法。

那天，谷文化正和二女婿、侄子在一起喝酒热闹。

进门后，一开始崔成还挺客气，望着谷文化说道，叔，谷俊成砍了我家的树，木头就在你家院子里。

当着这么多人的面，谷文化一听就气炸了，斜瞪他一眼说，你个狼崽子，还真有尿性，敢打上门来了，真还反了你了？这白马村的一草一木什么时候成了外姓人家的了，那块林子写着你家的名字？老谷家的门是你随便进的？回去叫你家大人来和我说话。你信不信，别看你家现在有了几座山，我能让你家一根毛也捞不到。

崔成根本没被他的话吓倒，仍然不依不饶地说，木材是我家的，你要是不还，我肯定不会走的。

屋里的人根本没想到这孩子这么倔强，和崔立国一个犟脾气。

旁边的几个人跃跃欲试，准备上前动手。谷文化是个有身份的人，欺负小孩子这样的事一旦传出去，肯定坏了他的名声，再说自己又不占理。他自知刚才的一番话是与崔立国积怨已久的气话，便制止了众人，对崔成说，你先回去，等我弄清楚了再说。

没想到崔成根本不吃这一套。“坦克”在院子里凶狠地叫着，像是怕主人受欺负一样，崔成站在屋中间一动不动，闷声闷气地说，木头就摆在院子里，有啥可查的，还给我，我立马就走。

那天谷水秀正好从县城坐姐夫的车回家，眼见发生的一切，气得满脸煞白，两腿发抖，向谷文化喊道，爸，你这是干什么？也太欺负人了，你什么时候这么不讲理了？

谷文化斜了谷水秀一眼，厉声吼道，你个丫头片子懂啥？没你什么事，赶紧回屋去！

谷水秀没有丝毫退缩地回道，爸，你这样做，连我也瞧不起，拿了别人的东西还理直气壮的，多丢人啊！

崔成一点儿也没想到谷水秀如此刚烈，这倒叫他一下子无所适从了。屋子里立刻陷入一种尴尬的气氛之中。连自己的女儿都这么说了，谷文化有点儿下不了台了。

望着谷水秀，崔成觉得自己爆发的那一点点血性，似乎显得有些虚张声势了。谷水秀那眼神竟与儿时一模一样，瞬间就摧毁了他的勇气。看了一眼谷水秀，崔成突然感到有些手足无措，他慌乱地说道，木头我不要了，大概是我搞错了。说着便推开屋门匆匆忙忙地走了出去。身后传来谷水秀的高喊声，可是崔成却像没有听到一样。现在想来，那是他唯一的一次退却。他以前从来没有怕过谁，但他就是无法面对谷水秀的眼神。面对那眼神时，他就想，就是一整片林子都送给她，他也不会眨一下眼睛的。

后来两个人在班级见面时，彼此都感到非常尴尬。虽然木头还是送回了崔家，但是崔成却觉得自己做得有点儿过分。不过，能见识到谷水秀如此刚烈的性格，也值了！他知道，自己已经被这个非凡的女孩迷住了。

他们是高二时分到同一个班级的。崔成原来不是学习那块料儿，但就是能拼命。当时，崔立国给他下了一道死命令，说如果考不进一中就重读，直到考上为止，没啥好商量的，这事绝不能落在谷文化家的后面。人家三个女儿都考进了一中，都是一样的水土出来的，你堂堂一个男子汉，还好意思不如个女孩子？说起来，崔成倒也不是五大三粗的莽汉，脑子也还够用，他横下一条心，硬着头皮，居然真的考进了一中。这让所有人都感到意外。

进了高中以后，崔成的心性变了不少，野性也收敛了许多，能不动手就不动手，人变得沉默寡言了，他一点儿也不喜欢学校沉闷到窒息的气氛。人虽然坐在教室里，但他总忍不住发呆，经常气血乱涌，找不到发泄的地方。

他在学校偶尔也会碰到谷水秀，每次她都会笑吟吟地看他一眼，点点头，毕竟在这所学校里，从白马村考进来的只有他们两个人。

与崔成的籍籍无名不同，谷水秀在学校反倒惹上若干新闻，这让崔成感到很吃惊。实话讲，谷水秀长得并不算漂亮，但她身上有一股极特殊的吸引力，当她冰雪般白皙的脸绽开笑靥时，分外地干净淳朴。村子里的人都说，老谷家的灵气全落在她身上了。

就是这么一个冷若冰霜的女孩，招来不少追求者，有的男生甚至为她大打出手。还有一个县领导的孩子为了她弄得疯疯癫癫的，一到晚自习的时候，就会对着教学楼高喊她的名字。很奇怪，这么一个干净的女孩竟然成了“红颜祸水”了。

其实，在崔成眼里，谷水秀就是他想保护的女孩，他梦想能给她一处净土，脱离任何外界影响，那才是她最应有的。她静寂如雪，就像林中的精灵一样。她的美和干净根本不属于现实世界。

崔成一直盼着谷水秀的来信。随着时光的流逝，他的思念变得深刻而忧伤。崔成骨子里不是一个脆弱的人，但是谷水秀融化了他，让他的那颗心一下子变得柔软起来。朱光明说得没错，情感让人变得软弱，也使人变得刚强。

夜里一合上眼睛，崔成就会自然而然地想起白马村来。在崔成的记忆里，白马村那块地方似乎到处都留下了谷水秀的影子和气味。她的每一个动作、每一个表情，她眼神里所流露出来的每一点光彩，以及她的长发和那身简洁的装束，崔成都记得清清楚楚。

崔成感觉到了自己内心的寂寞和孤独。也许，他应该像李英俊一样，向她要一张照片来。

但是，他又担心着她的回信。信里的内容会是什么，他是无法想象出来的。他的心里开始七上八下起来。

谷水秀这一次的来信是从学校寄过来的。崔成拿到那封信时，心竟不自觉地扑通地跳了一下。他下意识地掂了掂，感觉到那封信有些沉甸甸的。犹豫了好一会儿，他最终还是把信打开了。

谷水秀的字写得清晰而又秀气，像是一针一线绣出来一样用心，每个字都代表着她的一个表情，一颦一笑尽在其中。望着谷水秀的字迹，崔成的心不由自主地狂跳起来。

谷水秀说她又去了一趟崔成家，崔成的父亲让她代为转告，他的母亲最近心脏有点儿不舒服，直到最后被逼着去了一趟医院，才发现心脏的确有点问题，但并不严重，医生给开了几服中药，让她回到家慢慢调理着。他父亲还专门为母亲买了一台液晶电视，让她没事的时候解解闷。他父亲现在正忙得不亦乐乎，陪着林业站和省地质队的人勘察林区，说是要进行旅游开发规划。小“坦克”长得很快，一看就是一条聪明的狗，死去的“坦克”终于有合格的继承者了。两个老人让他一切放心，还说对他很有信心，等着他上国旗班的消息，过几天会给他寄来一些新采摘下来的松子和榛子，让他再分给班里的人吃。

那天她在他家待了挺长时间，听两位老人讲崔成小时候的很多事，还给她看了他小时候的照片，这让她觉得与他的距离更近了一步。

崔成一字一句地读着她的信，就像坐在她的面前静静地听她私语一般。在那封信的后半部分，谷水秀这样写道：

我没想到你那么喜欢我，其实这也是我想要告诉你的。自从那件事以后，我再也无法忘记你了，我梦想中的男人就是你这个样子，一点儿也不差。听说你当了国旗兵，我为是否要见你这件事犹豫了很久，生怕从此再也见不到你，失去你了，于是我鼓起勇气去了你家。我相信感情，也相信对你的感觉，我有耐心等着回来，好在我正在学校念书，父母不会逼我那么早嫁人。

但是我有一个小小的要求。我看到了你父亲写的护林日记，他真是一个有心人，上面记的每件事都那么有趣，他自己还画了不少图。我也想让你给我天天记你的训练日记，那样，我就能知道你每天都在做什么了，然后一周寄给我一次，我就能感到与你在一起了，请答应我这个要求吧！

叔叔阿姨都是善良的人，我一直不明白我父亲为什么要和他们过不去。其实我一直过得很不开心，从小就离开了家，父母说是为了我好，让我以后有一个好的前程，对我的期望很大。他们总是拿两个姐姐做榜样，认为我应该比她们更优秀。其实他们并不了解我的内心，我只想过极普通极安静的生活，有一个真正爱我而我也爱的人就好了。

记着每天给我写点儿什么。我在学校想让自己忙碌一些，多学点儿东西，不让自己有太多的空闲胡思乱想。我只盼着你的来信，别让我因少了你的消息而心神不安。

你是我心目中最优秀的男人，我会一直等你归来。

崔成的心从来没有这样明亮过，他抬头看了一眼窗外的月亮，有一种说不出来的美。

爱这种东西一旦存在于心，一切都显得那样美好。

第十二章　谷水秀（二）

崔成觉得女孩个个都挺神秘莫测的，让他摸不着头脑，而谷水秀是最神秘的，他觉得这世界上最美好的事情都和女人有关。

崔成无法忘记他们真正意义上的第一次见面，那情景就像电影画面一样，至今仍然十分清晰。

那一天，一场大雪刚刚停息，学校的操场上铺满了新雪，没有留下丝毫被破坏的痕迹，看起来简直完美无暇。

那一天，轮到崔成值日。夜晚等到班级里所有人都走了，他关上灯，合上锁，一个人慢吞吞地穿过走廊，呼吸着扑面而来的清凉空气。

谷水秀到底什么时候跟在他身后的，崔成当时一无所知，直到走到宿舍楼门前时，忽然听到有人喊他。是谷水秀。

围巾遮住了谷水秀的大半张脸，露出的头发沾着零星的雪花。雪仍然在意犹未尽地下着，尽管已经小得难以察觉。即使在如此晦暗阴郁的夜里，崔成还是捕捉到了那双晶莹剔透的眼睛，这不可避免地成了崔成记忆中最明亮的一道风景。

可以找个地方谈谈吗？谷水秀的声音轻柔如风，但又显得那样急迫。

风扫过被雪覆盖的空地，发出流沙般摩擦的声响。

崔成根本想不到她能来找自己，他知道她一定遇到了什么大事，便急急地问她去哪里。谷水秀说，就在食堂后面吧！半个小时后我在那里等你。说完，她转身走向女生宿舍楼，就像是雪地里的一个影子。

崔成猜测她找自己准是因为遇到了非常急的事，虽然在一个学校两年多了，而且都是从白马村出来的，但她还从来没有真正和他交谈过。

食堂是一排低矮的平房，与宿舍楼相对，中间隔着操场。

通往食堂的路上尚无人迹，崔成站在大楼台阶上，在一盏瓦数极低的灯下吸着烟，他只是在心烦的时候偶尔抽一根烟。他看着细如针尖的雪花飘落，依稀听到时光在不起眼儿处静静地流逝。

估摸着时间，崔成在雪地里一步一步地往前走着，这么冷的天，他不想迟到，让谷水秀等自己。

当崔成来到指定的地点时，谷水秀已经等在那里了。

他们还是第一次如此近距离地站在一起。崔成看见她一边用双手紧捂着耳朵，一边跺着双脚，从她嘴巴里呼出的一团一团的白气，几乎就要把她淹没了。

别人说我的事你知道一点儿吧？谷水秀犹豫了一下，还是望着崔成问道。

崔成听了这话，不觉怔了一下，尽管一直以来他都在关注谷水秀，对她的一言一行也都了然于胸，但是当谷水秀十分唐突地问起这句话时，他还是匆匆思量了一番。没有听到什么啊，你根本不必在意别人怎么说。崔成躲开了谷水秀的目光，说道。

谷水秀叹了一口气，笑了笑。崔成听得出来，她笑得有点儿心酸，霎时，一种强烈的怜惜之情向崔成的心头涌来。

谷水秀继续说道，你一定奇怪，我怎么找到了你，我们虽然是一个村的，但一直也没有说过什么话。其实我一时也说不清，今天只想和你谈谈。那些关于我的事你不知道最好。我在这里只想好好地读书，根本没有想到会惹上这么多麻烦，好像我是个不正经的女孩似的，这事我都没法和任何人说。

谷水秀天生丽质，虽然平常不言不语的，但还是遭到了班上几个女孩的嫉妒，由此惹出了不少闲话。

崔成急切地问道，你到底遇到了什么事？我能帮你什么吗？

谷水秀把手缩回那件棕色大衣的口袋里，一只脚来回踢着脚下的雪地，压低声音为难地说道，我每天回姐姐家的路上，总有几个男的在路上堵着我，逼着我和那个人谈朋友，否则就不会放过我。我和班主任说过了，他也管不了……

崔成知道那个人是县领导的公子，谷水秀就是因为他才转到崔成班里的。

崔成听了，只觉得一股气直往脑门上涌。他忍了忍，最终轻声安慰道，你不用烦恼，这件事交给我吧！

谷水秀抬起眼睛，望着崔成说道，我找你并不是为了让你帮什么忙，替我出气。你肯定很奇怪我为什么不告诉家里人。其实我告诉过我姐夫，结果没想到，他还动上了邪心，也开始打我的主意，我真的快疯了。我住在他们家里，总不能把这事告诉姐姐吧。我又不能告诉父母，怕他们担心。再这样下去，我肯定要退学了。找到你，是因为我对你有说不出的信任感，我就想找你说说心里的难过，在这里我连个说心里话的人都没有。反正我决定退学了，也没有什么可在乎的。

崔成愣住了。他感到血液一下子凝固了，他没想到她会处在这种境地。在他的眼里，她一直那么优越，人人都宠她爱她，没想到竟然处在这么难堪的境地。

她盯着他的眼睛说道，从小到大，我都是那种不给别人添麻烦的人，有什么问题总是自己处理。我知道父亲并不是真正从内心喜欢我，他想要一个男孩，好传宗接代。上面已经有两个姐姐了，所以他指望我能上个好学校，嫁给一个有头有脸的人，给他争面子。他并不关心我真的要什么，他要的是面子，我也一直尽量按着他的想法做，你是知道我父亲的。我想我在这里待不了多久了，我不想让人在背后说三道四。

那次谈话的时间并不短，由于天冷，他们不得不来来回回地在地上踱着步子跺着脚。

崔成一直听她讲着，心里早已打定了主意。他想实实在在地为她做点儿什么。虽然就那么几次接触，他却打心眼儿里喜欢她。特别是她转到他的班级里以后，他的心里有说不出的高兴。

谷水秀说，这些事能找你说出来，心里真的舒服多了，你别笑话我啊。我要告诉你，我还是头一次见到这么美的月亮和雪呢。下次我要是再找你的话，你还会出来吗？

崔成肯定地说，那是当然的，我们是一个地方出来的，你能信得过我，我很高兴。以后你什么时候找我，我都会出来的。不过我不希望你退学，你那么优秀，不读书可惜了，那些事都好办。

谷水秀说，我可不想你为我惹什么麻烦。这么久了，我一直想找个时间和你聊聊天，这恐怕是最后一次了。说不定哪一天，我爸托关系再给我找另外一所学校。谢谢你能听我唠叨，其实你们一家人都挺好的，真的。

说完这句话，谷水秀的心情轻松了不少，一双眼睛盯着崔成，静默了很长一段时间。

崔成听了她的话，感到自己的一颗心都碎了。他发誓再也不能让她受到这样的屈辱了，他已经打定了一个主意，这个主意他暂时还不想告诉她，更不想让她为此担心。崔成笑了笑，说道，这是哪里的话，你能找我，我非常高兴。你应该早点儿告诉我，再说，这绝对不是最后一次，我保证。

谷水秀也跟着笑了，那种笑，那么温暖，又那么单纯。她一边笑着，一边说道，崔成，这件事就是你和我的秘密。如果可能的话，我愿意和你成为朋友，因为我真的信任你。

崔成使劲儿地点点头，说道，那是当然，你放心。我愿意成为你的朋友，我这人没什么特别的本事，学习也不怎么样，谢谢你这么看重我。

说到这里，谷水秀突然想到什么似的，急匆匆说道，时间不短了，我得走了，你自己要保重啊，有事我会找你的。

崔成站在那里，静静地看着谷水秀一步一步地走远了。

那一天，谷水秀随着下晚自习的人流在县城的一条主干道上走着。崔成就在她后面悄无声息地跟着，他发现谷水秀的神情非常紧张，有不少学生对她侧目而视。

崔成想，她不到万不得已，也不会找到他，向他倾诉这么隐秘的心事。毕竟在这所高中里，只有他们两个人来自白马村。

崔成跟着她下了主干道，他不想让她知道自己在暗中保护她。

通向谷水秀姐姐家的道路是一条比较偏僻的小道。月色很淡，街灯也少了，路上的人稀稀拉拉的，谷水秀急急地往前走着，步伐显得极为慌张。

果然如她所言，不知道什么时候，从路旁边突然闪出来四个年轻人，一个个都流里流气的样子。那四个人不由分说就挡住了她的去路。谷水秀不得不停下脚步，毫不畏惧地问他们想干什么。可是那几个人并没有回答她的话，他们一边嬉笑着，一边向她扑了上来。一个高个子上前一步，想拉扯她，竟被谷水秀一把推到了一边。另外几个人见了，一起哄笑起来。

崔成见到这一幕，一时血往头上涌，猛然从后面冲了上来，挺身上前护住了谷水秀。谷水秀看到崔成，不由得愣怔了一下，问道，你怎么来了？这不关你的事。谷水秀一边这样说着，一边返身又冲到了崔成的身前。崔成笑了笑，轻轻把谷水秀拉到一边，说道，没事，你躲一边去，别碰着你。

那几个人仗着人多势众，放下谷水秀，一下子把他围住了。他们打量着人高马大的崔成，一边撸胳膊挽袖子哇哇叫着，却又一边在那里犹豫着不敢上前。这时，就听到一个人向崔成说道，想不到还来了一个护花使者，你是她什么人？谷水秀接过话来回道，我和他没关系，你们想干什么？高个子鼻子里哼了一声，看一眼谷水秀说道，看不出你还成了交际花了，玩的男人还真不少呢！

谷水秀听了，气得浑身发抖。崔成一声不吭，冷眼盯着说话的男生，见他正说得兴起，冷不防一拳挥出去，实实在在地打在了那人的眼睛上。只听得那人撕心裂肺地尖叫了一声，便像只麻袋一样软绵绵地倒在了地上。动手之前，崔成早就估量好了对手，只要他发起狠来，那几个人他还是能对付的。他从小没少打架，自有一套路数。

谷水秀伸手去拉崔成的时候已经晚了。剩下的那三个人已经扑了上来。崔成见状，立刻变成了一只暴怒的狮子，虽然直到最后他也不知道自己到底挨了那三个人的多少拳脚，但是他能感觉得到，他挥出去的每一拳和踢出去的每一脚都落到了实处。一时间，那几个人被打得鼻青脸肿，他们心里明白，今天确实倒霉，遇到了对手。看到这边有人打架，人们很快聚拢而来。担心事情闹大招来警察，那几个人一边搀扶起那个仍在地上呻吟的高个子，一边留下了几句狠话，一瘸一拐地逃走了。

崔成回过头来，这才发现站在一旁的谷水秀早已吓得瘫坐在地上。他上前一步把她扶起来，不停地安慰她说已经没事了。这时候，旁边突然有人提醒崔成，说看见有一个人对他拍了几砖头，让他检查一下受了什么伤没有。刚才在混乱之中，崔成倒没有觉察到什么，此时被人一提醒，只觉得鼻子嘴里都充满了血的腥味，脑袋有点儿发晕。谷水秀一听这话，不禁着急起来，结果发现崔成的头上肿起个大包，谷水秀惊叫起来，拉着他喊道，赶紧去医院吧！崔成觉得这一架打得真是痛快，便满不在乎地说道，没啥事了，估计那帮人再不会找你了。你还是早点儿回家吧，别让家里人着急。那帮人不是我的对手，这次把他们打服了就没事了，我一个人去医院看看就是了，真没有什么。

谷水秀拉着他的手不放，硬是陪着他去了县医院。检查下来，鼻和口腔受了些创伤，有点儿轻微的脑震荡，倒无大碍。谷水秀在一旁看着，眼泪稀里哗啦地就掉了下来。开了药，两个人走出了医院，崔成一脸轻松地说，那帮小兔崽子真不怎么扛打，我现在还担心把那小子的眼睛打坏了呢！

谷水秀眼里含着泪水，咬着嘴唇说道，你以后别再这么逞能了，多危险啊，要是伤到身体，我可怎么向崔叔交代啊！在说这话的时候，谷水秀的一双眼睛亮晶晶的，我从没想到你这么男人，你为我受的伤，我一辈子也不会忘记的。

崔成笑了笑，扭头看着谷水秀，说道，刚才就是穿得多了一点儿，身体有点儿施展不开。谷水秀笑了起来，一扫刚才的恐惧，说道，当时把我急坏了，你和他们打在一起时都分不清谁是谁了，你的力气真不小，那几拳打得可真解恨！

崔成接口说道，我爸爸常说，咬人的狗不会叫。你看我家的“坦克”就那样，一天都叫不了几声，村里人谁不怕它？！再说了，送你的路上，我早就准备好了要好好收拾一下他们，让他们长点儿记性，看谁以后再敢欺负你！

把谷水秀送到她姐姐家的门口时，谷水秀硬要拉他进门。崔成说那不成，不早了，再晚了连宿舍大门都关了，我得回去了。谷水秀轻轻抚摸一下他受伤的脑袋，心疼地说道，回去你小心点儿，好好休息，过几天我再陪你检查检查。

那一刻，崔成心里突然就闪出了一个强烈的念头：有一天我一定娶她做自己的女人。可那也只是一闪念，他知道那是不可能的，谷家早就为她设计好了前程，她怎么会嫁给他这个一文不名的穷小子？谷文化的眼光高着呢。可自从产生了那样一个念头，它便成了他一生也抹不去的烙印。

崔成一架打出了名声，谷水秀以后的日子也平静了许多，没有人再敢打她的主意了，那个县领导的公子知道有这么一个不要命的小子在保护她，也知难而退了。那个挨了一重拳的小子，眼睛整整蒙了几个月才恢复，之后也没敢找人来报复。清静了一段时间之后，崔成也因为这事惹上了麻烦，不久，校长就亲自找到他谈了退学的事情。崔成早知道在学校待不下去的，这事他也和父亲说了。崔立国当时说，小子，你这事做得对。你爹还欠着谷家一条命，这次也算是报答了。学你也是早就不想上了，干脆回家学点儿别的本事，爹没啥意见。

离开学校的前一天，崔成给谷水秀写了一张便条，托人在他走后捎给她。他在那张便条上告诉她，他的退学与那次打架没有任何关系，他早就不想上学了，早就想回家干点儿自己喜欢的事了，他希望她能考上个好学校。如果还有人敢来欺负她，立即告诉他，他会马上来到她身边，让他们尝尝他的厉害。最后，他还说，他会永远保护她。

不久之后，谷水秀住进了学校宿舍，她发现那些男生对她规矩多了，这一切都多亏了崔成，她的生活从此平静了。

走之前，崔成不知从哪个同学手里要来了一张同学合影，那是他所拥有的关于她的第一张照片——也许是唯一能证明他在学生时代停留过的证据，照片的质量令人失望，是用廉价的傻瓜相机拍出来的。

在众人之中，谷水秀的面容光洁一新，显得生机勃勃。她身上流淌的气息甚至比阳光还饱满。照片上的谷水秀，上身穿着一件白色的毛衣，灰色的牛仔裤宽宽松松的，能依稀感到她优雅青春的身体。她的头发是用一条手绢扎起来的，她看上去是那么突出，比其他女生多了一份安静而深情的东西。

走出校园时，崔成的心里还是蛮沉重的。他再也不能天天见到自己喜欢的谷水秀了。不过也好，他还是早点儿死了这份心吧，长痛不如短痛。

后来，崔成就去了北京，再也没有与谷水秀联系过，虽然他偶尔会想起与她在一起的那些日子，虽然对她的情感刻骨铭心，但他还是听了崔立国的话，谷文化的女儿是高攀不上的，还是早点儿断了念头吧。他想，留下一段回忆也挺好的。

在北京认识常小美时，常小美曾问他谈过恋爱没有，崔成想了想终于说道，我们农村哪里像城市，谈恋爱像看场电影一样。我们一谈就是要结婚的，哪敢随便谈。常小美听了，嘻嘻笑着说道，你少来了，又不是旧社会，你这个人就是表面老实。谁青春时没有冲动过？

第十三章　预备大队

自从第一次会操比赛之后，七班就和范长江带的一班较上劲儿了，牛帅还别出心裁搞出一个“干掉一班”的口号，弄得新训大队无人不知。范长江只冷冷回了一句，是骡子是马，拉出来遛遛，操场上见。七班从没这样团结过，铆足了劲儿，立志要和一班一决高下。

有了挑衅的对手，一班的士气也高昂了许多，流的汗一点儿也不比七班少。大家私下里埋怨牛帅嘴大，先把牛吹出去了。迟班长反倒夸牛帅口号喊得响亮痛快，敢于“亮剑”，说男人就是要有这股豪气，不逼自己出不来光彩。连全班平时最懒散随性的牛帅都这么硬气、敢玩命，即使输给一班，也不丢人。

结果，第二次会操比赛，两个班算是打了一个平手，一班虽然又拿了第一，七班紧随其后，但“最佳训练标兵”让朱光明夺走了。

大伙儿还奇怪呢，朱光明赛前的神经性腹泻这次居然奇迹般地消失了。朱光明偷偷告诉崔成说，夏天天的父亲最近定期与他通信，还开导他，让他心里宽慰了许多，他内心深重的罪孽感消解了不少，人也变得开朗了许多，他猜他爷爷为这件事做了不少工作。

第二次会操比赛后，最让迟班长头痛的李英俊像被施了什么咒语，居然一瞬间开窍了，一下子换了一个人，连丁大队长也感到吃惊，说李英俊的“眼睛有光了”，为此还把迟班长大大夸奖了一番，问他用了什么招数。迟班长回答道，丁大队，你就想想当年你是怎么逼我的就明白了。现在全班最让人担心的是段世杰，身为副班长的他，虽然内务管理弄得井井有条，让迟班长省了不少心，但训练成绩一直垫底，居然都被牛帅甩在了后面，可他还是一副不紧不慢、胸有成竹的样子，也不知他葫芦里卖的什么药。自从上次得到总队领导的夸奖后，他变得神秘起来，不但继续写着《国旗手训练手记》，而且神不知鬼不觉地搞到一个参加全支队“国旗知识竞赛”的名额，还拿了个一等奖回来。连一同前去的丁大队长和指导员都啧啧称奇，说他天生一个歪才，对国旗班的了解居然比他们还清楚，被支队称为“活字典”，可见私下下了苦功。段世杰一时间成了大队的名人。

段世杰私下里找到迟班长说，班长，我几斤几两你早就掂量清楚了，我自己是块什么料我再清楚不过，我知道自己肯定进不了预备大队了。我段世杰不是没有血性的人，我已经尽全力了，看来是与国旗手无缘了，你也别为我再费心了。我这么做是体力不行脑力补。放心，我段世杰再尿，也不会给你抹黑的。

见他心意已定，眼瞅着最后一次会操比赛马上临近，迟班长也只有叹息的份儿了。

最后一次会操比赛剩下的时间不多了，军营里的气氛越发紧张起来，训练强度快把人逼疯了。崔成觉得全班就数自己体格最好，可也有点撑不住了，每天躺下后，就觉得第二天有可能爬不起来了；朱光明长跑训练又晕倒了两次；牛帅说见了床比见了亲娘还要亲，连说话都嫌费劲，感觉身体早就不是自己的了；反倒是李英俊像是上足了发条，整天生龙活虎的，让人不可思议。越是这个时候，迟班长就越像钢浇铁铸一般，平时闷声不响的他此刻来了精神，每天都会讲一段国旗班的故事给他们打气。牛帅说，迟班长不把七班的人弄残废不罢休，他自己倒变成了絮絮叨叨的唐僧了。

就这么一天天地煎熬着，终于到了最后的会操时间。听说这次会操比赛非同寻常，总队、支队和国旗班的领导都下来观摩，综合前两次的成绩，为正式挑兵做准备。迟班长把大家召集起来，开了一个动员会。他说，这可能是大家进入新训大队开的最后一次班会了，再过几天挑兵就正式开始了。三个月的心血在此一举，这让我想起当年丁大队长说的话，明天都要打起十二分精神，三十六拜就差这一哆嗦了。说句心里话，我虽然是头一次带兵，但我觉得你们个个都是最优秀的兵，有了你们，国旗班根本不愁后继无人。是爷们儿，就要战斗到底，让我感到你们流的血是烫的。明天的任务就是“干掉一班”。不管结果如何，你们都是我迟永福最值得信赖的好兄弟。

为了不给新兵造成太大的心理压力，这次会操比赛并没有搞什么特别的布置，和前两次一样，还是正常的科目。大家像往常一样起床、出操。今天迟班长容光焕发，散发出少有的光彩，他的情绪感染着每个人，大家的心平静了不少。他挨个儿为每个人整理了一遍衣装，凝视着每个人，然后和每个人拥抱一下，一句多余的话也没有，随后带着七班进入了会场。这次迟班长的手气又不错，排在一班的后面。迟班长还特意走上前与范长江握了一下手，就像两个角斗士决斗前的礼仪一样。

一班继续保持着团队超级稳定的发挥，动作的精确度也提高了不少，一下子压倒了前面出场的所有对手，赢得了一片掌声，这给七班带来不小的压力。当丁大队长喊到七班出列时，迟班长威风凛凛的气势立刻激发起全班的斗志。崔成感到前所未有的振奋，他身边的每个人都憋足了劲儿，齐刷刷的脚步声从来没有这么有力过。全班人都听得出来，这次迟班长就像用整个生命召唤他们，他粗犷的喊声在操场上空回荡。他们迈出的每一步都拼尽了全力，那么咄咄逼人，那么豪气冲天。崔成的眼睛湿润了，身体和心里的伤痛此刻已无影无踪，他与身边每一位战友都融为一体，他们共同聚集在一起的能量被充分地释放出来。那一刻，崔成感到从未有过的幸福，直到动作结束，仍然意犹未尽，耳边传来了雷鸣般的掌声。他知道，这次他们不但最终战胜了对手，更可贵的是彻底地战胜了自己。

最后一次会操比赛结束后，预备大队开始正式挑兵了。在这样一个紧要关头，每个人都惴惴不安、心情忐忑地等待着自己不确定的命运。

与大家预想的差不多，段世杰第一个出局了，但出人意料的是，他的人还没下训练场，就被总队警务处的一辆车接走了，连句告别的话都没来得及说。看来他制造的“蝴蝶效应”起了关键性作用。毫无疑问，他被总队首长相中了，这几乎成了新训大队的一桩奇闻。

七班另一个让人心悬着的兵就是牛帅，丁大队长认为他稳定性不够好。经过专门的心理测试，牛帅被认为过于情绪化。崔成反倒认为牛帅是他们当中心理最成熟的一个，只不过偶尔冲动了一点而已，不至于因为这个就把他拿下来，那他也太冤枉了。

下来挑兵的副支队长围着牛帅来回绕了几圈，拍打着他的腰和肩，国旗班的中队长仔细检查着他走的正步，似乎想最后验证一下，结果他竟把头摇得像只拨浪鼓。

不对啊，小伙子平时挺不错的，丁锐在一旁心有不甘地说道，再练练，这可是绝对的好兵。

副支队长疑惑地盯着丁锐，一边对牛帅喊道，继续，正步走。说着，他侧起耳朵仔细听了听牛帅的脚步声，末了，还是摇了摇头，有些拿不定主意地说道，这个兵先放放再说。

当朱光明踢着正步从队伍中出列时，副支队长像找到一件罕见的艺术品一样，眼里放出异样的光彩，兴奋地说道，老丁啊，你从哪里弄到的这个宝贝？

其实朱光明是强打精神上的场，昨天晚上他又跑肚拉稀了。崔成当时心想，一到关键时刻老这样可怎么办啊？如果真的被淘汰了，那可真委屈死他了。看来朱光明太在乎这次挑选了，所以才这样紧张。

李英俊出场时，每个人都为他揪着心。但怪得很，今天不知道他怎么来了精神，每个动作都做得扎扎实实，非常干净，简直称得上完美。副支队长见了，禁不住夸奖道，迟永福，真行啊，这个兵怎么越看越像你呢！

其他几个兵也顺利地过了关。

崔成在七班是最后一个出场的，一副志在必得的样子。他按照迟班长事先的嘱咐，只是把分解动作一步不差地做完。果然，还没等他走几步，副支队长就不住地点起头来。

牛帅此时像个傻子一样站在一旁，可怜巴巴地看着全班除了他被挑得一个不剩。他急得一个劲儿地用哀求的眼神看着丁锐，想让他替自己说说好话，再给他一次机会。

为了牛帅，迟班长在丁大队长和副支队长那里费了不少口舌，最后，两个人一起打了包票，总算争取下来了。迟班长对牛帅说，你得给我记住，你要是以后给老子丢脸，我决不饶你，我差点儿给丁大队下跪才把你保住了。

不管怎么说，七班总算弄了个皆大欢喜，与范长江所带的一班不分高下。这样的结果，让迟班长的眉头顿时舒展了许多。

当正式宣布自己进入预备大队时，营地下了一场中雪，崔成觉得自己强壮了，身体不会在寒风中打战了。即使是失去了知觉，他也会在下意识中完成好每一个动作。他仍然坚持每天给谷水秀写训练日记，不过他写下的更多的是对她的思念之情。

强化训练基地是按天安门广场一比一的比例建造的，所有的训练也都是按国旗班升旗仪式一个环节接着一个环节进行的。那种训练就像迟班长说的那样，是魔鬼式的，以前你踢1000次，现在是2000次；原来跑5公里，现在要跑10公里；原来眼睛20秒不眨，现在是40秒；每天站立不少于4个小时，脚背绷直、手臂的挥动都是用线用尺量，身体不允许有任何晃动，持枪等每个细节要精确到用毫米来计量，更别提挺胸迈步这些最基本的功课了。而且，这里是一个月进行一次末位淘汰，丝毫没有任何人情可讲，人人在这里都是死对头。

崔成的小腿肿了又消，消了又肿，鞋不知踢坏了多少双，每天的汗水一遍一遍地流着。他的脚早已变形了，他的身体感觉也已经迟钝了，甚至觉得有些神经已经磨损得失去了知觉。

预备大队的纪律更加严苛，牛帅说这简直就像面壁一样，每分每秒都不能溜号。基地就像是一座监狱，因为这里的每个人下一步直接就要进入国旗护卫队，使命重大，绝对要保证零失误，非如此不可。每个人与外界基本完全隔绝了，就像生活在另外一个星球，但令他们最兴奋的事，就是到国旗班终于就差一步之遥，不再高不可攀了。最近，崔成写给水秀的信也少了，有时他的胳膊都抬不起来，但日记从没有断过，只是基地与外界的通信控制得更严了。

不过，就在这最紧张的时候，朱光明居然得到一次探望家人的机会。这是支队特批的，原因是朱光明的爷爷快不行了，想见孙子最后一面。朱成功在部队曾是功臣，这一决定完全是出于人道的考虑，无可厚非。不过，支队要求必须有人陪同，并且不能出现任何意外。

丁大队长安排了崔成和李英俊陪同朱光明，特别要求晚上10点前必须赶回驻地。

会见的地点在市里的一家高档会所，部队专门派车把他们送到了那个地方。

一下车，就看见会所门口有几个人恭恭敬敬地站着。其中那个矮个又文文静静的女人就是朱光明的母亲，崔成在新训大队时见过她一次。她的额头很突出，亮晶晶的眼睛此时变得黯淡，但她的微笑是发自内心的。当然，她的紧张不安也是发自内心的。朱光明的父亲一直在国外没回来。另外几个是朱成功的儿子、侄子，朱家有太多的人，但这几个是最核心的。朱光明跟母亲打了声招呼，便带着崔成和李英俊走了进去，这次见面弄得他很紧张。朱家的人见到了外人也感到意外，他们知道部队的纪律，对他们俩十分客气，只是让他们坐在离家人稍远一点的地方等着。

在那间可供20人看一场电影的客厅里，朱光明见到了轮椅上的朱成功，他发现爷爷的目光——如果那还算是目光的话，正盯在乳白色的皮质沙发上，显然他已经忘记了自己的生命中曾发生过什么，他失忆了。听母亲说，一根爆裂的血管结束了他记忆中的一切。他细弱的布满老年斑的双手交错着摆在胸前，靠着轮椅扶手支撑着不断歪斜的身体。朱成功的身体正在迅速地萎缩风化——仿佛身体里的水分已经被抽干了，只剩下松松垮垮的皮肤和裸露出来的骨骼，朱光明不由得一阵阵心酸。

朱成功的身体失去了控制，一脸慈爱、手脚麻利的陶阿姨不时熟练地擦掉从他的嘴角流下的涎水。

朱光明迅速走了过去，俯下身子在朱成功的耳边大声地说着什么。朱成功呆滞的目光匆忙闪了一下，两道灰白的铡刀一般的寿星眉也跟着颤抖了一下，他似乎立时变得清醒了一些，但是，他也只是咧了咧嘴巴，尽力做出一副孩子般天真傻笑的样子，随后，又再度恢复到了没有知觉、没有情感的世界里去了。

朱光明猛然意识到这也许就是他最后一次见到爷爷了，心里不由得难过起来。片刻，他伸手攥住了那两只像是被捆绑在一起的手臂，轻轻地掰开手指，一遍一遍地抚摸着。朱成功的脸部肌肉艰难地拉扯了一下，一双眼睛改变了一下视角，但还是无法对准眼前这个人。不过，在某种程度上，他还是认出了自己的孙子朱光明。

泪光一闪，朱光明抬腰站了起来。随后，他被母亲拉到了一边，两个人耳语了好一会儿，接着朱家最核心的几个人物便开始你一言我一语地小声交流起来。从传来的声音里，崔成模模糊糊地听到的都是关于生意上的事情。他们希望朱光明尽快回来，回到他们身边去，但是，朱光明十分坚决地拒绝了。等我成为国旗手再说，朱光明望着他的母亲一字一句地说道，那是我对爷爷的承诺。

说完这话，朱光明拥抱了一下母亲，接着便转身走向了门口。

训练已经让所有人失去了时间概念，崔成记不得在模拟场地上举行了多少次升旗仪式，除了没有观众之外，一切都是逼真的，而且还要在不同的天气情况下进行练习。他觉得这里的每一个人都能胜任天安门前的升旗仪式，因为他们已经能排除一切干扰，心无旁骛地完成任何一个动作。当丁大队长告诉他们再有一星期训练任务就基本结束时，所有人都觉得有些不可思议。终于等到这一天了。其实，按牛帅的话说，强化训练的最大成果就是，让人忘记了神经，失去了恐惧感。

然而就在牛帅说出这话没几天，他意外地在单杠训练时头朝下摔了下来，当时就不省人事了。牛帅很快被送进了市里的武警医院。迟班长说他的大脑和脊椎都受了伤，随队的大夫说问题还不算大，能够痊愈的，但牛帅进入国旗班的事却就此没戏了。这个家伙好不容易连滚带爬地进了后备大队，却不小心出了这事，不知他的心里该有多么难过！

为了让大家在最后的时刻放松一下，总队文工团特意为后备大队举办了一次慰问演出，演出中还有几位只能在电视上看到的演员出场表演。大队上下都在热热闹闹地布置着，据说支队的领导也要亲临现场。

崔成却一点也没感到兴奋。牛帅竟然在最关键的时候意外地离开了基地，从此与国旗班无缘；朱光明练持枪震裂的虎口老是感染，很长时间了也不见什么好转，这样一来，他最终能不能进国旗班也成了问题。

好在谷水秀刚刚来了一封信，总算给了他些许安慰。信中还夹了一张她在校园里的照片，花丛中的她那么优雅恬静，笑容像盛开的花一样绽放着，可不知怎么他总感到一丝忧虑。谷水秀总是那么明艳夺目，追求她的人一定不少，再说她接触的世界是那么丰富多彩，热闹的校园生活会不会改变她的想法？

谷水秀在最近几次的信中也提到有一个绘画系的男生在追求

她，班上也有一个男生写信向她表示好感，但都被她拒绝了。她对崔成就是透明的，她把身边发生的每一件事都告诉他，就是让他能放心训练。但崔成难免有隐隐的危机感，军营毕竟一直是一成不变的，毫无浪漫可言，离外面热闹的世界远着呢。他在北京做生意的那半年，已体会到外面喧闹的生活，一个女孩子哪里会不喜欢新鲜和浪漫呢？可他现在什么也给不了她。

朱光明知道了他俩的事后，还不时地吓唬他说，人心都是会变的，此一时彼一时，难保谷水秀不受外界的诱惑，她又不是圣人，何况女人都是虚荣的。

担心归担心，但崔成说朱光明错看了谷水秀，她与一般的女孩不同，尤其对感情极为真诚专一，这一点他深信不疑。朱光明叹口气说，但愿如此，你的命好，遇到了奇女子。

朱光明一向对人与人之间的感情充满悲观，这也是他的家庭造成的。崔成对自己与水秀之间的感情还是有底气的，谷水秀自从向他表明了心迹后，丝毫没看出变心，反倒对他更加一往情深，这令他非常安慰。她也每天都为他写着日记，一点也不嫌单调，就像每天向他倾诉一般。

基地演出那天，崔成在日记上这样写道：

我从迟班长和段世杰那里得到一点点内幕，按我现在的表现，进入国旗班差不多已成定局了。今晚有一场部队慰问演出，来了不少名演员。而我现在只想尽快进入国旗班，那时我们就能相见了，至少你能来看我了，我日夜盼望着。我肩上、手上和脚上的伤也好了很多，反复受伤已经磨出了老茧。皮靴又裂口了，要换新的了，好像这几个月的训练要把一生的路都走完了。

可是有一段内容他没有记下来，那就是常小美的突然来访。

消息是迟班长偷偷告诉他的。这次迟班长倒是一脸笑容，毫无责难之意。他告诉崔成说，你的常小美和她妈又来了，可惜要嫁人了，这次见面可是大队长特意安排的。晚会我就说你病了，你们可以有时间好好谈谈了，怎么样，够意思吧？崔成马上惶恐不安起来，也不相信常小美这么快就要结婚，离上次通信也不过三四个月，就以为迟班长在同他开玩笑。班长，你别吓唬我。

迟班长说，都这么长时间了，我什么时候骗过你？不过，我要告诉你的是，人家常小美真的马上要结婚了，今天是特意向你告别的。也是好事，省得你以后再提心吊胆的。这点儿人情部队还是要讲的，也不是什么坏事，你小子再也不必为这事儿伤脑筋了，好说好散吧！

自从上次崔成写了那封态度明确的信后，常小美再也没来过信，看来她是彻底死心了。不过曾经喜欢自己的姑娘要嫁人了，崔成心里多少有点儿淡淡的伤感。

在指导员办公室再见到常小美母女时，操场外的演出已经开始了。一个女高音的歌声正悠扬地飘进来，接着就是战士们如雷般的叫好声，看来他们压抑得太久了。

此时的常小美变得让崔成有点儿吃惊，她穿着一条纯白色的裙子，头发也留起来了，还少有地化了淡妆，脸上带着宁静的笑，就像一束光晃着他。她身上散发着清爽怡人的气息，好像幸福会随时随地流淌出来似的，而她以前的穿着打扮是那么随意而自由。这才几个月的工夫啊，崔成心里叹道，女人啊，真是叫人难以捉摸。这一身打扮，就像随时要出嫁的新娘。

而作为常小美保护神的母亲此刻则安静了许多，表情也柔和了。站在他们跟前多少有些尴尬，她首先开口说，听说你进国旗班的事差不多定下来了。

崔成说，但愿吧，没到最后的选拔，现在还不敢说。

常小美的母亲说，为了我家小美的这片心，你也得进去，需要什么帮忙的，尽管和阿姨说。你们两个人说吧，我就不碍眼了，我在外面等着。说完，常小美的母亲就走出屋去。

常小美扭过头来望着崔成，叹息一声，说道，你黑了不少，人也瘦了。

只要不白受苦就好，崔成说，我听迟班长说你快要嫁人了？

常小美幽幽地说道，接到你的信，我就决定把自己嫁了，省得再烦恼。那个人你是见过的。我带你见的人太多了，你也许记不得了。

说着她就把一张照片递了过来。上面是一个戴着眼镜、一脸富态的年轻人，看起来脾气不错，挺适合她的。

这小子运气真不错，小美，我真心祝福你。崔成说道。

常小美手里捏着照片说，这还不是托你的福。他是一个律师。我们从小就认识，他一直追求我，直到看了你的信，我才答应的。

我们定在下个月结婚，当时定得挺痛快的，但一想起马上要结婚，心里老是不踏实，怎么也高兴不起来，心慌得厉害，只想赶紧见你一面。她迟疑了一下继续说道，我甚至想，只要你现在说愿意娶我，我会马上取消婚礼，继续等你，这是我的真心话。

崔成强忍着伤感说，小美，不要再为我折腾了，找一个真心爱你的人不容易。

常小美一眼看见他腕上戴着她送的那块手表，一时间心潮翻涌，忍不住扑进了崔成的怀里，死死地用双手箍住他的腰，她只能最后一次短暂地拥有他了。片刻，常小美发出了撕心裂肺的哭声。崔成像雕塑一样站着，他还是头一次接触到女人这样柔软而多情的身体，他被她呼出的浓烈气息包裹着。

常小美的哭声让崔成一瞬间想起了谷水秀，想起她那双清澈而有些哀怨的眼神。那双眼睛此刻正凝视着他与常小美最后的拥抱。

半晌，常小美终于仰起脸来，一边哽咽着，一边捧起崔成的脸，深深地吻了一下。

常小美擦着脸上的泪水，说道，这下子我安心了，我要去嫁人了。崔成，你这个没良心的木头，你就等着后悔去吧。记住，你到了国旗班一定要第一个给我打电话，要不是我妈要死要活地劝，我还饶不了你。这下你轻松了，安心当你的兵吧。不管什么时候，我常小美还是你最好的朋友。

说完，她一狠心转身开门出去了。崔成呆呆地站着，听着她们母女远去的脚步声，心想，就让一切停止在这里吧！

第十四章　国旗班

正像迟班长说的，就是进了国旗班，要上方阵还得拼。中队有140多人呢，每天参加升旗、降旗仪式的只有36个人。被国旗班选中，并不意味着就能成为护卫队里的一员，要想加入护旗方队，还要进行更加艰苦的训练，标准更加严苛。比如正步走，每一脚离地面必须是3厘米，迈腿是75厘米，一丝一毫都不能差。为了达到要求，教官在两根柱子上绑一根离地面3厘米的背包带，训练时抬腿用脚腕挨住那根带子，往往一抬就是一两个小时，然后再换上另一条腿。练走步时，地上标好刻度，头上把大檐帽翻过来顶着……真是把办法都想绝了。

拿枪也非常严格，持枪、提枪、扛枪，要求动作一致，声音一致，枪扛在肩上，侧着看要成一条线。崔成在训练扛枪时，右手托住枪，站在那里一动不动就是两三个小时，等教官让他放下枪后，右胳膊麻得半天都弯不回来，经常失去知觉。为了能早日加入到36人的方队里去，不到一个月，崔成的翻毛大头皮鞋就磨破了四双，一天训练下来，流的汗比喝的水还要多。

丁大队长说，迟班长这一次新兵训练的最得意作品就是李英俊了，堪称这一期新兵训练的标本，跟他当年训练迟班长一样，是另一版的迟永福。朱光明、崔成虽然条件也不赖，但不是心太野就是心太杂，都不及李英俊单纯、忠诚和可靠。尤其是在强化训练的后半段，李英俊整个人像是开了窍，成绩出人意料地突飞猛进，所以进了国旗班后不过三个月，他就正式上了方队，而崔成和朱光明还得等机会。

私下里，崔成问朱光明，你有没有发现李英俊有点儿怪？

朱光明点头说是，他也认为他们面前站着两个完全不同的李英俊，以前还不明显，但现在看起来多少有点分裂呢。这么说也许有点儿过分，但李英俊的确展现出了两个不同的自我。朱光明毕竟读了不少心理学方面的书。

在仪仗队里演练的李英俊是那样阳光自信，强大得无人匹敌，简直成了队伍的核心，他有着令人叹为观止的精准，一直像机器一样安全运转，甚至比机器还稳定。他整个人似乎沉浸其中而忘记了自己，并且乐在其中，不但做到了人枪合一，而且是身心合一，每一个眼神、每一缕发丝、每一根指头他都不会放过，挑剔到了近乎完美无瑕的程度。仪式就是他的世界、他的一切，他已经达到了忘我的境界。怪不得丁大队长说他就是一个活生生的标本呢。

但是一旦回到日常生活中，李英俊又变成了另外一个人，不善言辞、木讷、不懂人情世故，像孩子一样单纯。崔成担心他一旦回到社会，会难以适应外面复杂的世界，他太干净了，而世界是善恶并存的。朱光明说，用不着你操那份儿闲心，到时候他也会明白的，他也不小了，谁说简单干净的人就没法在社会上生存了？再说了，部队也会给他做好安排的。

一天，段世杰打来了电话。虽然他很早就离开了，但一直也没闲着，据说他在总部机关干得有声有色。这次他打电话来是要告诉他们一件特别的事情，眼看五一节就要到了，他特意联系了一家地方电视台，要做一期时长半个小时的纪录片，名字就叫《走进国旗班》，方案也是他搞的。

这事他先前与国旗护卫队中队长联系过，就是要从新进的五十几名国旗手中，挑出五六个有代表性的新兵，展示一下他们平时训练的过程，比如演示一下顶碗站立、在强烈的阳光下练习凝视、绑沙袋正步走、俯卧撑练习等项目。中队长第一个挑中的就是李英俊，说他训练时的有些纪录简直可以上吉尼斯了。节目中间有个演播室里的采访环节，段世杰让他俩提醒李英俊准备一下，其实没啥可紧张的，也只是问他训练苦不苦、想不想家之类的简单问题。但节目最重要的环节是所有人都没想到的，也是节目组特意安排的，就是在这些新兵不知情的情况下，把他们的家人请到现场，最后安排双方相见，并且参加他们第二天的升旗仪式。

段世杰特意嘱咐道，这事可千万别提前告诉李英俊，要给他一个惊喜。而且家人的交通食宿都由电视台承担，这对李英俊绝对是件喜事。

崔成和朱光明都觉得段世杰又做了一件极聪明的好事，一举多得，尤其是李英俊能见到父母，那对他而言是一件多么幸福的事啊，他有一阵儿想家都想疯了。

节目按着设计进展得很顺利，但是到了演播室采访环节还是出了一点儿意外。新兵的家人被安排在另一间屋子看着自己的孩子接受采访。当李英俊出现时，他的母亲喊了一声“娃儿”就昏了过去，搞得现场混乱了一会儿，好在及时抢救，人很快恢复过来了。李英俊的母亲千里迢迢赶来，急着见儿子，一路上只吃了一块饼和一个苹果，见到儿子后，她的身体立刻不支，晕倒了，不过这倒不是太严重的问题。节目组剪去了这个片段，最后安排李英俊的父亲出来与他相见，当时的情景相当感人。

第二天，李英俊的父母专门看了他的升旗仪式，但半天也没能认出自己的儿子，说这帮兵长得都一个模样，随后他们与儿子一起在天安门前留了影。他们头一回这么兴奋、自豪，因为全村人都看到了那个节目，并且说李英俊已经成大人物了，天天为国家放哨站岗升国旗，总是能见到国家领导人。很快就有人上门提亲了，李英俊再也不会为家里穷找不到对象而发愁了。

自从确定关系后，崔成与谷水秀的恋爱一直在秘密进行着，虽然崔立国大概猜出点儿情况，但他也知道说服谷文化是件天大的难事。一想起谷文化，崔成心里就有几分胆怯，光是凭着他们的爱和勇气是不够的，总有一天还是要面对谷文化的。以谷文化的标准，他绝对不会把自己精心培养的女儿嫁到崔家，崔立国是他的对头不说，两家的地位也太不对等了，崔成的条件也差得远了一点儿。虽然崔成现在成了国旗手，有了不一般的身份，但距谷文化心目中的要求，还差得远着呢。这一直是崔成的一块心病。

到了护卫队的国旗班，打电话方便了许多。每当谷水秀温温软软的声音响起时，就如同一阵阵清风在他心里吹过，他焦灼不安的心就会平静许多。恋爱中的女人都像是演说家，话语滔滔不绝，密不透风，生怕漏掉一个缝隙。谷水秀怕失去他的信息，她要随时能感觉到他，哪怕是用字、用声音、用幻想。

当谷水秀在电话里随口说出谷文化已经同意他们的交往时，崔成简直不敢相信自己的耳朵。谷水秀得意地说，这事我还能诓你?也就是前一周的事。崔成追问到底发生了什么竟然能让他改变主意。谷水秀说，这事暂时保密，不告诉你，省得你得意。反正说服我爹，我自有法子，现在我们可以正大光明地谈恋爱了。崔成半信半疑地猜测着。谷水秀说，不过我爹有个条件，要你转业后必须留在省城工作，这个面子他是要定了。其实那样也挺好的，至少我们能在一起了。我不在乎你今后做什么，只想和你在一起，怎么样都好。谁也挡不住我要和你在一起。崔成再一次体会到谷水秀身上迸发出的那种刚烈，让他感到说不出的踏实。

其实崔成根本不知道，谷水秀轻描淡写讲述的那件事，曾经发生过怎样的狂风暴雨。

那一天，一个身材发胖且一脸春风的年轻人开车来到了谷家，陪他一起来的还有一个副县长和县里交行的行长，那阵势显然不小，这消息立刻传开了。他们是上门提亲的。谷家因此早就备好了宴席。

年轻人出手阔绰，而且也不俗气，知道谷家并不缺钱，便投其所好，送给谷文化的老伴丁淑琴一串楠木手链，送给谷文化的则是一把上好的二胡。

年轻人并没有见过谷水秀本人，只是见过谷文化送来的几张照片，他一眼就相中了，便急切地上门来相见。谷文化已经给谷水秀打过了电话，告诉她中午时分必须赶回家来，说是有件重要的事情。谷水秀听了父亲的话，左思右想，最后还是买了车票，等着第二天一早坐头班车回家。

这天的酒席开到了大半夜，谷文化酒后还多拉了几支曲儿，说是把他的看家绝活都亮出来了。整个村子都沾上了喜气。崔立国得到这个消息，心里一直嘀咕，凭他的观察，谷水秀那孩子明明是看上了崔成，怎么转眼就变了呢?

第二天，谷水秀终于赶回了家里，但是一进村子就发觉气氛有些不对劲儿，村里人都用异样的目光望着她。走进家门，家人和客人仍是一脸的醉态。当谷文化向谷水秀介绍那位年轻人时，谷水秀这才明白了一切，于是她明知故问道，爸，你这是在给我介绍对象吧？那个年轻人一脸期待地看着谷文化。谷文化乐呵呵地点头说道，丫头，没错，今天就是正式介绍你们认识，都在省城，你们今后好好处。

谷水秀的脸立刻拉下来了，不高兴地说道，这事你也不和我商量一下，对不起，我有对象了。

在场的人听到了谷水秀的话，都如同遭到雷击一般。那个年轻人的表情霎时凝固了。陪同前来的副县长和行长张口结舌，眼睛直盯着谷文化。

谷文化愣了一下，感到自己的颜面一扫而光，挥手打了谷水秀一个耳光，怒吼道，这事由不得你，你个丫崽子！谷水秀身上的那股烈性涌了上来，望着自己的父亲，冷静地说道，这是我的事，我自己做主。说完这话，便扬长而去。

母亲丁淑琴当时就心脏病发作，倒在了床上，客人们见状，一脸狼狈。副县长临走的时候留下一句话，老谷，你怎么能做出这么荒唐的事，让我们的脸往哪里搁？

谷水秀被亲戚拉回来时，母亲已经缓过来了。此时的谷文化像被霜打了一样，在屋子里转着圈地踱来踱去，一眼见到谷水秀，气不打一处来，恶狠狠地问道，他是谁？是谁？我怎么从没听你说过？

半晌沉默，当谷文化从谷水秀的口中听到“崔成”这两个字的时候，立时惊呆了。谷文化像不认识眼前这个他最疼爱的女儿似的，喃喃问道，你是说老崔家的那个小子？谷水秀咬着嘴唇说，就是他。

谷文化浑身发抖，忍不住冲向谷水秀，却被一旁的人拉住了。谷文化指着谷水秀气愤地大喊道，你滚吧，以后再也别进这个家门，我就只当白养你一场。说着说着，谷文化的眼泪就流下来了。谷水秀更是倔强，当着众人的面在谷文化面前磕了几个响头，便头也不回地冲出了家门。

接下来的几天里，谷家都陷在愁云惨雾之中。谷文化灰头土脸地在家里喝闷酒。他知道自己一下子成了全村甚至是全县城最大的笑柄了，还不知道有多少人此时在到处传他的笑话呢！反倒是谷水秀此时感到非常轻松。所有人都知道她和崔成好上了，再也不会有人打她的主意了。

别看谷文化叫得凶，可谷水秀一直是他心尖儿上的肉，碰一下都得痛半天。那几天里，听说谷水秀在亲戚家不吃不喝，一个人在那里自顾自地傻笑，他的心都要碎了。如果这孩子有个三长两短的，那才真是要了他的命呢！思前想后，谷文化派人去请来崔立国。有生以来，他还是头一次向崔立国低头。

崔立国倒没计较，他担心谷水秀别出什么意外，便急匆匆地来到了谷家。两个人以这种方式见面，分外尴尬。谷文化也顾不得这么多了，带着哀求的口吻说，老哥，事情你已经知道了。我让你家的崔成给害死了，连姑娘也不认我了，还要死要活的。现在这么个情况你出个道儿吧，就算我求你，让崔成放过我家小秀吧！

崔立国听了，回道，谷文化，我也是才知道，你听我说得有没有道理。不是我推脱，崔成现在不归我管了，他完全是国家的人，天天在天安门升旗，我得当神供着呢。要是逼他，让他分心，出了意外，我不是犯天大的错误了吗？再说了，你瞧不起我，我不在乎，崔成那孩子差在哪里？亏你家什么了？孩子和孩子的事，你横插一杠子算什么呢？

一句话就把谷文化呛回去了。

谷水秀虽然表面柔弱，内心却很刚烈，性子一上来，命都舍得。谷文化眼见这样，也只好由她去了。

当朱光明说他过段时间就要离开国旗班时，崔成和李英俊两个人都大吃一惊，简直不相信自己的耳朵。他们拼死拼活才进了国旗班，现在李英俊刚刚上了方队，朱光明眼瞅着就要争取到上方队的名额了，可就在这节骨眼儿上，他却要离开国旗班了。

崔成急忙问他是不是家里出了什么大事。朱光明叹息道，我手感染的事你们又不是不知道。我原以为能挺下去的，今天实话告诉你们吧，这次医院的诊断结果下来了，大夫说，我手部的感染没法再治了，而且是不可逆的，如果再这样拿枪训练，这只手肯定彻底废了，我再不甘心也没有办法，这事班长已经找我谈过了。再说，崔成说得也没错，我家真出事了。我爷爷快不行了，人正躺在重症监护室，已经下了病危通知书，活不过几天了，家里正在准备后事，我还指望他能亲眼看到我升国旗呢。说到这儿，他眼圈发红了，接着说，还有一件事，我父亲突然失踪了，也不知道被人绑架了，还是出了别的意外，现在什么消息也没有。我妈说，他是跟一个女人远走高飞了，父亲谋划这事已经好多年了，还从公司卷走了一大笔钱，像空气一样消失了。家里已经乱成一团，好在所有生意的经营权都在我母亲一个人手里掌握着，没出什么大乱子。我父亲行事一直相当隐秘，谁也猜不出他在想什么。母亲说，出这种事也在她的意料之中。这些事已经有一段时间了，家里的事一直是我母亲独自支撑着，她让我早点儿回去。正好诊断书这时候下来了，这也许就是天意吧，我知道无论如何我得走了。

这一连串惊心动魄的大事到了朱光明嘴里变得波澜不惊，话语中虽然没有丝毫的慌张，但脸上还是显露出无法掩饰的痛苦表情。

崔成说，朱光明你真能扛啊，发生这么大的事现在才告诉我们。

朱光明显然早已想清楚了，平静地说道，事已至此，我找你们说，就是向你们告别，你们千万不要感到意外，这就是我的命。比起牛帅来，我还算不错了，总算进了国旗班，没给家里人丢脸，也对得起自己了。唯一遗憾的事，就是没能参加一次正式的升旗仪式。我已经给中队打报告了，看能不能争取一次上方队的机会，就是废掉这只手，我也要参加一次升旗，我实在不甘心啊。

见两人难过的样子，朱光明学着迟班长的口吻说道，能不能爷们儿一点？我也不想与你们分开，因为国旗我们已经成了生死之交，可再不想也得分啊。段世杰先走了，然后是牛帅，迟早我们都得分开的。铁打的营盘流水的兵，就不和你们说什么客套话了，反正以后我们一定还要见面的，感情是断不了的。

说着，他拍了一下李英俊说，咱们三个，你的技术最好，也是上过方队的人，你说说，我要是上一次方队还有什么问题没有？

李英俊苦着脸说，你就别寒碜我了。有没有问题你比我清楚，要不是你这只手，第一个就应该是你。我这就去找队长，他一定会答应的。

崔成心情沉重地说，英俊说得没错，要说技术过硬，新来的兵没人比得过你，再说队长一直对你另眼相看，而且你的要求一点儿也不过分。

朱光明说，那就好。我要走了，就和你们多说两句。当我决定要走的时候，一直不知道该如何开口，天天看着你们两个，你们知道我是什么心情？崔成，别哭丧着脸，好不好？你当我是一个冷血动物呢？我的心也在滴血。你小子够仗义，也是我第一个认识的，你一直都护着我，没把我当怪物看，我是怎么走到这一步的你最清楚。英俊，我打心眼儿里为你骄傲，七班的每个人都看着你呢。只是别再那么玩命练了，伤了身体可不是小事，我看你家给你找的那个小对象不错，虽然比不上你的老师，你也该考虑一下个人问题了。

崔成忍不住一把搂着朱光明说道，光明，你今天真他妈的太磨叽了，像个老娘们儿一样。说着三个人抱头痛哭起来。李英俊咬着牙说，我找队长把我的名额让出来不就得了吗？其实你才是我们大伙儿心中最棒的国旗手。

之后，他们给牛帅打了电话。牛帅沉默了一会儿，然后恨恨地说，朱光明，你真有种，还是比老子挺的时间长，我恨啊！过去我一直瞧不上你，你个龟儿子还真是条好汉，我牛帅服你，真想和你痛痛快快地再干一架，分个高下。你们给老子记住，升旗的录像都要寄给老子看一下。要不是弄这个火锅店，老子早就去看你们了，只要有国旗班的节目我都看了，看一次伤心一次。我牛帅没那个福气啊，全靠你们长脸了。告诉你们一件事，我的牛氏菜谱弄好了，我还欠你们每个人一顿饭，等着你们呢，老子亲手给你们做。

当他们把这事告诉段世杰时，段世杰情绪激动地说，怎么会这样，人都练得尿血了，就这么功亏一篑了，光明，你也太刺激我了，你可是整个新训大队的基准兵啊。感慨了一会儿后，段世杰突然想到了什么似的说，光明，你们千万别急，我有一个好主意，这事包在我身上，保管你体体面面地完成心愿。晚上你们等我的信儿。

挂了电话后，崔成笑了笑说道，这事有谱了，段世杰这小子一肚子的鬼主意，无风都能掀起三尺浪，等他的消息再说吧！

朱光明叹口气说道，这事真交到段世杰手里就坏了，就怕他弄得动静太大，对中队影响不好，我只想干干净净地走，不想有一点儿对不起国旗班的事儿。

果然，这件事情不知怎么又被段世杰弄到支队那里去了，支队领导非常重视，副支队长专门下来布置这次升旗仪式，而且还要全程录像，作为对新兵进行教育的材料，名字就叫“最后的升旗”。

升旗的日期特意定在八一建军节那一天。朱光明原打算选择一个广场上人少的日子，他说自己见人多心里还是紧张，要绝对保证万无一失才能对得起国旗班。没想到竟选了这样一个特殊而神圣的日子。中队长告诉朱光明，这是他进入国旗护卫队最后一项死任务，咬牙也得完成，这也是整个国旗班送给他的一份心意。

升旗的前一天晚上，崔成、李英俊陪着朱光明完成了最后一次队列练习。收队以后，朱光明坚持再站一班岗，大家怕他身体吃不消，影响第二天的升旗仪式，朱光明一再坚持，中队长也只好答应了。崔成一夜没怎么睡好，感到自己的一颗心像被掏空了一样难过。往事历历在目，在七班时，他和朱光明两个人的感情最好，朝夕相处，即使两个人坐在一起一句话都不说，也不会感到寂寞。原本少了牛帅，就少了很多热闹，这又走了朱光明，只剩下他和李英俊了，虽说又认识了不少人，但怎么比得上那段情感和记忆呢？后来听一起站岗的哨兵说，朱光明下岗后，围着旗杆不知走了多少圈。那可是用血和汗浇铸的情义啊！

节日的军营气氛很热闹，又赶上一个晴天。朱光明脸上挂着少有的笑容，神采奕奕的，焕发出特有的光彩，没有一丝的紧张不安，只有崔成能体会到他心里的伤痛。中队长按照他的请求，把他安排在了中间的位置。崔成和李英俊替他整理好了礼宾服。方队的每个人都上前和他拥抱了一下。中队长上前拍了他一下，说道，放松点儿，持枪别太用力了。朱光明大声说道，明白，保证完成任务！

朱光明一边笑着一边问李英俊，我还是挺帅气的吧？李英俊心酸地说道，那还用说？国旗班再找不到比你更帅的了，你知道我李英俊从不讲假话的。

崔成和李英俊获准在一旁站岗执勤，算是为战友送行，这样一来，就可以亲眼目睹这次对朱光明意义非凡的升旗仪式了。而这一天，段世杰早早带着摄像师在指定的位置等着了。

这是一次场面壮观的升旗仪式，整个广场挤满了前来观礼的人们，有不少军人，其中还有从国旗班退伍的老兵们。

随着一声口令，军乐奏响了。当方队脚步响起的那一刻，崔成的眼泪止不住地滴落下来，人变得恍惚起来，昔日的情景呼啸而来。

在行进的方队中，很难一眼看见朱光明。只有崔成、李英俊、段世杰，还有那些与他朝夕相处的人才能一眼认出他。

崔成的视线一直没有离开朱光明，他一直那么光彩照人，稳稳当当地走着，就像什么也没有发生过。远远地望着朱光明，崔成感到说不出的紧张，手心都是汗。当他看见朱光明持枪敬礼时，一颗心紧张得快要跳出胸腔了，他知道，此时此刻，朱光明的虎口又一次被震裂了，有多少人知道这些表面光彩夺目的国旗手所付出的无数汗水和伤痛呢。

很快，属于朱光明的一百三十八步就结束了，每一步都是他用上万步换来的。崔成看着方队渐渐消失，仿佛那是一次最普通不过的训练。周围是充满了喜悦和敬仰之情的人们，尤其是在国旗升起的那一刻，在场所有的军人敬礼的情景让崔成觉得，朱光明一定和他一样感到从没有过的幸福和骄傲。

参加完那次升旗仪式，朱光明的脸上带着说不出的满足感，但他一直没有告诉他们准确的离开时间，崔成也不好去问。朱光明一向不喜欢伤感，每天还是与他们一起正常训练。

没等他们有任何准备，朱光明就干干净净、无声无息地走了，那就是他的方式。他托中队长告诉崔成和李英俊，说他最受不了面对面的离别，他不想打扰任何人。那天晚上，他又专门申请站了两个小时的国旗岗，下岗后，大家还在深睡时，他就被家里人接走了。他说处理完家里的事后，会很快再来国旗班看望他们的。

晚上，崔成急切地给谷水秀打了一个电话，话涌到嘴边又咽了回去。当时谷水秀正在水房洗衣服，一听他的口气就感到有些不对了，连连问他怎么了。崔成沉默了片刻，终于说道，今天突然有个战友走了，心里特别难过，空落落的。水秀，你知道吗？到现在我还没能上方队，心里十分着急，感觉没啥希望了，留在这儿就是煎熬，我真的想转业回家了。谷水秀安慰他道，你这会儿真像个孩子，我从不指望你怎么样，但这件事我可不依你，这哪里像个男人说的话？你要是不能在天安门升旗的话，永远也不许见我。

一天凌晨，中队突然抽调崔成担任临时护旗手，搞得他有点儿猝不及防，好在天天训练，完成这项任务并非难事，只是没想到自己是以这种方式进入方队。四点多，长安街上的华灯还在闪烁，广场上已经聚集了数以千计等待观看升旗的人。方队刚出发时天还不错，虽然是阴天，但并没有下雨。可是，天气说变就变，一股狂风扫过，接着一声声闷雷，突然就下起了瓢泼大雨，此时方队刚上金水桥。当时崔成看到这种情况，心里多少有点儿紧张，没想到自己第一次执行升旗任务是在大雨天，他特别担心场地湿滑会影响正常发挥。

这时，前来观礼的人们匆忙躲到地下人行通道中，一时间，熙熙攘攘的广场空无一人。当时崔成只是想一丝不苟地完成任务，毕竟是自己的第一次。狂风夹杂着暴雨，瞬间全身就湿透了，视线也模糊了，但崔成感到像是在接受一次洗礼一样，身体没晃动一下，枪稳稳地托着，按程序毫无差错地完成了一系列动作，心里有说不出的快意。“咔咔”作响的持枪声，掷地有声的正步声，整个方队如同破浪之舟，行驶在水天相连的世界里。

原来到过街通道里躲雨的人们，显然被护卫队的气势打动了，都冒雨跑出来观看，跟着他们一起奔跑。当国歌奏起、国旗升起的时候，每一个前来观礼的人都庄严地望着冉冉升起的五星红旗，激动得热泪盈眶，崔成感到心里像翻江倒海一般，控制不住的泪水和着雨水尽情地流淌着。

当中队长正式通知崔成，让他于国庆节这天正式上方队的时候，他突然感觉到大脑里一片空白，没想到这么重要的节日居然选中了他。每当重大节日活动时，上方队的人都是精挑细选，不允许有任何闪失，这说明中队对他的信任。这回终于可以松一口气了，上次只能算是一次临时的替补，这次他才算是成为真正的国旗手了。为了这一天的到来，他已经等待了太长的时间。这样漫长的等待，让他几乎绝望了。周围比他优秀的人比比皆是，而上方队的名额就那么几个，如果轮到他，要等到何年何月啊？说起来，李英俊是第一个上了方队的，这就给他带来不小的压力，同样一起摸爬滚打过来的，一个曾经没被他放在眼里的毛孩子，如今却成了国旗班的一面旗帜，而且这面旗帜一直屹立不倒，这样的情形，让他既感到羡慕又感到忌妒。所以，每当他听到李英俊走过金水桥时铿锵有力的脚步声，他就会感到自己的一颗心在隐隐作痛。相比之下，他只能作为候补队员，而且还在千篇一律地重复着那些不知练习过多少次的动作。这样一种枯燥的生活，真的已经让他感到有些灰心，甚至麻木了，因此他曾一度变得不像从前那样自信了。若不是他身后还有那么多支撑着他的力量，也许他早就垮掉了。

当崔成把国庆节上方队的消息告诉父亲时，崔立国长长地叹了一口气，像卸下了一座山一样，兴奋地对着电话说道，好儿子，真不容易啊，还是你的造化大，能赶这么好一个日子，我马上买票带着你妈去看你，回来再摆几桌酒席显摆显摆。崔成听了，却故意说道，请酒可别忘了人家谷文化啊！崔立国先是愣了一下，然后哈哈大笑道，知父莫如子啊，小兔崽子，你什么事都知道了。也不知道你哪里修来的福，水秀这丫头可不一般，谷文化都拿她没招了，她对你的恩情大着咧！末了，崔立国又说道，儿子，你给我听着，我以前说过的，你转业以后什么事都自己做主，省得以后埋怨我。我和你妈已经老了，该做的事都做了，就等着哪一天你结婚，我们老两口早点儿抱孙子了！

接着，崔成又把这个消息告诉了谷水秀。谷水秀听到消息后，激动地说道，崔成，我一直就说你行的，你还不信。说着说着，谷水秀就抽抽搭搭地哭了起来。谷水秀边哭边说，我终于可以见到你了，你不知道等你这一天我有多难熬啊。

忽然间，谷水秀想起了什么，说道，我忘了告诉你，我爸为你上方队升国旗的事早就做了计划。他告诉我，说那一天他要带来十几个人，什么村长、镇长、县长的，反正请一大批人过来，说是就当旅游了，费用都是他拿。他说是想让你好好长长脸，也让他有个交代。他还说要带一个姓陶的大人物来，说那可不是一般的人物，那人以前得了一种怪病，经常眩晕，严重失眠，是我爸用中药给调过来的，他正在与县里谈个大项目。我爸已经和人家说好了，说你转业后就去他那里。

一听这么多人来看他第一次升旗，崔成心里就有点儿打鼓，听起来就好像是专门给谷文化搞的一个演出似的。不过为了谷水秀，他也不在乎了。谷水秀为了他，连命都敢豁出去，一次升旗仪式不算啥。谷水秀担心地问他这么隆重的节日升旗会不会紧张。崔成安慰她说，那套动作我都练习上千次上万次了，闭着眼睛都不会弄错的，别说你爹带着这么几个人了，就是整个三河镇的人都来了，我也会一步不差的。随后，他嘱咐水秀最好把两家老人合在一起，国庆节人特别多，得注意安全，而且要早点儿来，否则连个观礼的位置也没有。谷水秀说，广场那么多人，你能看到我吗？崔成说，我知道你在场就足够了，到时候人山人海的，恐怕你都不一定能看得见我呢。

崔成知道朱光明肯定没时间来，他不一定在哪里忙着呢；至于段世杰，上次李英俊第一次升旗仪式他就没有来，朱光明那一次是个特例，估计他看着曾经的战友终于成了真正的国旗手，心里感到说不出的失落。

节日的广场中心装饰了“万众一心”主题喷泉花坛，四周还有各种用花坛拼成的画卷，显得十分喜庆热闹。

到了子夜时分，天安门广场就已经人头攒动，升旗台周围的护栏早被围得水泄不通，大批的市民和游客拥向广场。很多人刚下火车就拖着行李直接来到广场等待观看升旗，还有很多人早早就来到广场等候，有的人为了占据最佳的观看位置，干脆就带着铺盖在广场过夜。此时秋凉袭人，气温低于十摄氏度，很多人冻得不停地哆嗦，挤在一起相互取暖，有的人抵挡不住袭来的倦意，靠在一起睡着了。

在这么重要的节日升旗，崔成却感到前所未有的平静，他四点钟就起床了。崔成表现出的镇定，连李英俊都感到有些奇怪，他说自己第一次上方队，腿一直哆嗦个没停，持枪的动作还出现了一点儿失误，吓得汗都下来了，别说是面对人潮如海的国庆节。崔成说，队长通知我以后，每个动作在我脑子里不知过了多少遍，就当是一次常规训练好了，你知道我的心理素质一直不差，要不能挑我上？你就别在一旁吓唬我了，再说，这不一直有你在旁边陪着吗？

果然像谷水秀说的那样，谷文化带着一队人马浩浩荡荡地在前两天就来到了北京。崔立国和赵雪梅也在其中。为了不打扰崔成，他们并没有提前去探望他。谷文化这次算是下了血本，带着一帮人逛西单，去和平门吃烤鸭，又在天安门附近订了宾馆。

国庆节那天的天气出奇地好。护卫队按常规列队完毕，随着一声熟悉的口令，仪仗队按时出发了。

因为是国庆节，广场上挤满了熙熙攘攘的人，真是人山人海，那场面也是崔成事先根本想象不到的。他定下心来，全部心思都专注在自己的动作上，虽然他心里知道，人群里的家人、乡亲此时此刻正在队伍中急切地寻找着他呢。由于是第一次上方队，为安全起见，中队领导把他安排在了方队的中间位置。

崔成感觉到自己走出去的每一步都十分自然顺畅，没受到任何影响。仪仗队后面的军乐队同时奏响了音乐，护卫队的步伐与音乐的节奏已经合为一体，一环扣着一环。洪亮的口令和铿锵的脚步声，让崔成的心情舒展开来，锃亮的礼宾枪稳稳地靠在肩头，使得僵硬的肌肉此刻也变得松缓起来。

国旗升起的那个时刻，东方旭日初升，朝霞满天。望着在灿烂的朝霞中冉冉升起的国旗，观看仪式的人们，不分男女，不论老幼，全体肃立，神情庄严，向徐徐升起的国旗行注目礼。当红旗缓缓升至旗杆顶端时，一群白鸽迎风展翅，飞过寂静的天安门广场上空，人群再次欢呼沸腾起来。

崔成感到自己的身体里霎时充溢着一种难以言说的神圣感，所有的付出都在这一刻完美地实现了。他的眼前闪过了无数兴奋的面孔，那里面有充满期待的父亲和母亲，还有他朝思暮想的爱人，以及不远千里来看他的乡亲们。他永远记得这个明亮的清晨，他终于成为真正的国旗手了。

仪式结束后，他与父母、谷水秀，还有谷文化带来的一帮人只匆匆见了一面，也没顾得上与谷水秀说几句话，就赶回营房了。后来还是谷水秀写信来，告诉她那一天发生的情景：

那天我们凌晨两点就赶过来了，还是被眼前的情景惊呆了。天安门附近到处人头攒动，街边已有了很多游客，有的人露宿街头刚醒来，看来升国旗仪式的吸引力太大了，我真为你今天成为国旗手而感到无比的自豪。当时人挨着人，人挤着人，每一个人都想排到前面，尽早进入广场，到处都响起武警维持秩序的声音。警察还在通道内拉起了警戒线，分流上下行人群。护栏每次打开，都会引起一阵轰动，等待多时的人们一边欢呼着一边争先恐后地跑向安检口。

就那么人挨人、人挤人地站着，站到凌晨三点多，我的两腿终于不听使唤了，直发软，又担心身边的老人被挤着。最后我们被挤出了三层岗哨之外，只能远远地看着，那些站在警戒线处的武警就像城墙一样屹立着。我的耳朵嗡嗡作响，头也开始大起来，正迷糊着，突然觉得人群又涌动起来了，我们随即就被周围的人夹带着站了起来，像浪潮一样往前拥，谁也顾不上谁了，倒是你父亲一直在看护着我。

我在人群中拼命想找到你，哪怕能看一眼也好，你父母也一样。可是相隔太远，根本无法看清，但此刻我已经很满足，知道你担任这么光荣的任务，我内心充满了难言的幸福感，我知道我们的心从来都是连在一起的，我相信你能听见我的呼唤，而我仿佛能听得见你此刻的心跳。国歌响起的那一刻，全场变得安静下来，你父亲流着泪敬着军礼，我也被这神圣的时刻感动了，想起你这些年为此付出的辛苦禁不住泪流满面。

第十五章　大眼牛帅

段世杰接到一个陌生人打来的电话时，不觉愣了一下。不等他说什么，那个陌生人便口气急迫地说道，牛帅快死了，你们快来见他最后一面吧。听了这话，段世杰忍不住怒吼了一声，你放屁，你知道在和谁说话吗？可是，那人并没有被他吓住，继续说道，你不是叫段世杰吗？你不是牛帅的战友吗？

段世杰以为遇到了骗子。前不久他还和牛帅通了电话，牛帅说病养得差不多了，火锅店也要在县城里开张了，两个人在电话里说得热热闹闹的。牛帅还说，店一开张就到北京去看升旗，这事已经拖了两年了，主要是让病拖住了脚。段世杰还听到一句“死不瞑目”的话，当时并没有在意。在新训大队的时候，牛帅就说自己有九条命，因为他这么乐观，连鬼也发愁。

但当段世杰在电话里确认了对方的身份后，脑袋不觉轰的一声，竟半天说不出话来。那人是牛帅的叔叔，他说牛帅根本不想告诉他们，是他瞒着牛帅打来的，因为牛帅有事没事总说起他们，所以他偷偷从牛帅的通信录里找到了他们的电话，第一个就打给了他。

段世杰听了这话，将信将疑，冷静了一下，还是想先给牛帅打个电话确认一下。

不料，电话那端的陌生人叹了口气说道，实话告诉你们吧，牛帅从从医院检查回来，就停了电话，谁也不想见了，只盼着早点儿了结自己，也不想再拖累家里了。

从对方混乱的叙述中，段世杰总算弄清楚了，牛帅怕家里花钱增加负担，一直用土方子在家里养着。后来，家人终于发现他经常处于昏迷状态，这才把他送到医院进行检查。最后，大夫看了看拍的片子说，至多还有两个月的活头。牛帅醒来之后知道了这件事，叫家里人不要告诉任何人，之后他不但放弃了治疗，竟然连饭也不吃了。

段世杰听到这里，心里立时紧张起来，当即决定起程看望牛帅去。

牛帅，你这个浑蛋，瞒得我们好狠啊！都到这步田地了，还硬撑着自己的面子。直到这时，他才明白，原来火锅店的事也是为了逗他们开心才编造出来的呀！

崔成和李英俊正在东厢房进行常规的队列练习。李英俊已今非昔比了，他成了今天的教官，正在纠正一个士兵持枪的姿势，口令喊得清脆而坚定，此时的崔成就站在队伍当中。他们专注着自己的每个动作，已经浑然忘记了外面的世界。他还从来没有这么近距离地看过他们演练。如果没有那次意外，此时牛帅一定身穿帅气的礼宾服，手持闪亮的礼宾枪，与他们并肩而立。

栏杆外有不少游人在围观拍照。段世杰捺着性子，努力稳定着自己的情绪，静静地等着他们下操的那一刻。

自从崔成和李英俊进入国旗班之后，三个人并不经常见面。段世杰很少过来，他连后备大队也没能进去。一走进这里，他的内心就隐隐作痛。五个人当中，他和牛帅都没能成为国旗手，而牛帅甚至连升旗都见不到了。一想到这儿，他的胸口就像有一块巨石压着，喘不过气来。

其实，李英俊和崔成的第一次升旗仪式段世杰都来到了现场。当李英俊通知他时，声音是那么兴奋，他却借口有公务说去不了，其实他都偷偷地在底下远远地看着，心里如翻江倒海一般。他想起了在新训大队的日日夜夜，仿佛看见他们五个人站在一个方队里，各种情感纷至沓来，而现在他只能作为一个旁观者、一个局外人，他忍受不了记忆与眼前现实的折磨，既美好又令人伤感。

那个时候的他自以为聪明，用功不够，白白浪费了眼前的机会，而也正是因为他的“聪明”才得以进入总队的机关，这也算得上是一种安慰了。

那时的李英俊还只是个内心柔弱的大孩子，他在他们面前不知哭过多少次，每次说话的时候，他总喜欢摸着自己的脑袋，生怕说错了什么。没想到几年下来，他竟成了一名坚强成熟的战士。还是朱光明有远见，他早就预言李英俊是他们当中真正的战士。而崔成这个强悍的家伙，好像什么事情都压不垮他，总是有着常人难以想象的精力，可惜的是，听说他就要复员了。

崔成和李英俊听队长说总队有人找他们，就在接待室等着，早猜到十有八九是段世杰。可是当他们跨进接待室时，立时怔住了。

他们看到，此时此刻，段世杰正呆呆地坐在那里，目光里有一种莫测的东西。崔成摘下帽子，一边擦着脸上的汗水，一边问道，世杰，发生什么事了？

段世杰的眼圈一下就红了，急促地说道，牛帅快不行了，我也是刚刚知道的。

两个人愣了一下。李英俊以为他在开玩笑，知道他有捉弄人的本事，无论说什么都那么一本正经的，让人难辨真假，但他总不能拿这种事开玩笑吧？

实话告诉你们吧，牛帅最多能活两个月。段世杰狠狠心，还是把这话说了出来。

崔成立刻走上前来，望着段世杰急切地问道，怎么可能？上个月我和英俊还给他打了电话呢，他说身体早就没事了，正忙着开店的事。

段世杰说，其实那个时候他已经检查出来得了急性白血病，他给我打电话也差不多是在那个时候。

李英俊这个时候才终于相信了段世杰的话，再也无法控制自己的情绪，捂着脸失声痛哭起来。

崔成强忍着，好歹没有让泪水从眼睛里流出来。段世杰一边按住李英俊的肩头，一边说道，英俊，别哭了，还是赶紧商量下一步怎么办吧，我们要尽快见到他。

崔成简单地想了一下，说道，我们马上向中队请假，只要朱光明一到，我们就随时动身，不能再耽误了。

李英俊这才擦干了泪水说道，我这几年存下的津贴都带给他吧！

崔成说，钱的事用不着你们操心，你们两个都不富裕，我还是找我爸想办法吧。

第二天，段世杰才等到了朱光明的电话，他正陪着母亲在英国做一笔服装生意。听上去，朱光明的嗓子有些沙哑，好像没怎么睡好。他问段世杰有什么急事，段世杰便直来直去地说道，告诉你一件大事，牛帅快不行了。

一听这话，朱光明好像被惊醒了一样，提高了声音问道，什么？你再说一遍，他不是好好的吗？前一个月我们通过话的，到底怎么回事？

段世杰说，是牛帅家里人捎来的消息。朱光明在电话那头沉默地听着，末了叹了口气说，怎么会这样呢？我马上订回国的机票，最晚后天到，部队那边的事你们几个商量，别的事我来处理。记着，你们一定要等着我啊！我现在就去处理手头的事，回去再详细说吧。我们欠牛帅太多了。说到这里，朱光明便匆匆挂断了电话。

朱光明无论遇到什么事情都是那么冷静。他说得没错，他们挺亏欠牛帅的。自从牛帅受伤回家之后，他们都很少联系他，反倒是牛帅经常打来电话，说他经常梦见他们几个人在一起的情形。段世杰心想，这次一定要让牛帅真正体面一次，他一生受的苦实在太多了。

又堵车了，前面有段路正在打补丁。手握方向盘的段世杰不由自主地想着牛帅的事情。崔成和李英俊坐在车的后排位置，两个人一路上也没说上几句话。今天早晨，朱光明一下飞机就打来了电话，让他们去他所指定的地点会合。

三个人一路上都各自想着心事，他们要为自己的战友尽可能多地做一些事情。不知不觉间，他们已经来到了朱光明说的那座大厦。那一排建筑精巧地连接在一起，像一只弹匣里有序排列在一起的子弹，一样的颜色，远远看过去十分奢华。

几个人见面的地方在一间微型会议室，这间会议室直接通向朱光明的办公室。朱光明此时正在处理公务。会议室墙上挂着几幅照片，其中一幅就是七班在新兵营的一张合影，合影中的牛帅比谁都笑得开心；朱光明还是一脸心事地站在一侧。屋子里的加湿器正喷出一缕缕蒸汽，这时，秘书走过来，一边给他们让座，一边将沏好的茶水端了过来，微笑着告诉他们说朱总一会儿就到。三个人不禁面面相觑，心想，朱光明现在的派头可真不小。

不一会儿，几个神情严肃的人从里面走了出来，个个显得十分干练。朱光明随即关上办公室的房门，一脸严肃地走了过来。他的腰身还是那么挺拔，只是看上去神色有些疲惫。他和三个人打过了招呼，旋即就将身体陷进了沙发里。

朱光明无论出现在哪里，都是保持着那个引人注目的形象，像一个永恒的招牌，一张白皙的保养良好的脸，眼睛总带着一丝倦意，衣服永远是那么挺阔干净，举止悠闲而成熟，一副高人一等的样子。连他凝神思考时，都显得那么高贵从容，令人敬畏。

崔成叹道，你现在好大的派头啊！

朱光明笑笑，漫不经心地说，这都是家里摆的花架子，看着热闹。我们还是说说牛帅的事吧，部队那边都安排好了吧？

崔成首先说道，我和李英俊的假请下来了。迟班长听到信儿，原打算赶过去，因为有特殊任务在身，特意派人捎来慰问金和一封信，嘱咐我们一定要组织好这次活动。国旗班的兄弟们还为他捐了款。听了这事中队长非常感动，马上上报到了支队，支队领导更加重视，说这是一个教育官兵的好典型，要专门为牛帅举行一次特殊的升旗仪式，为此还特别联系了省武警总队，请他们抽调当地武警支队一个班的国旗手，配合参与这个活动，还要求安排省电视台的记者进行采访。那边都安排妥当了，一切都听从我们的调遣，这次活动主要由李英俊来主持。

李英俊补充说，还是我们四人一起商量着来办。这次中队长特意从库房取出一面专用国旗转交给牛帅。你们知道，国旗班用的国旗上面都有编码的，从不外流，这绝对是最高的荣誉了。

说到这里，段世杰接过话道，我们已经托人找到当地的一所技术专科学校。那所学校还比较有规模，师生有上千名。赶巧了，他们最近正在排练校庆的庆典活动。校长二话没说，答应全校可以随时停课为他升一次国旗。学校有一块像样的操场，升旗没什么问题，那是离牛帅家最近的学校了，差不多有六十多公里路程。据他家里人说，按牛帅目前的情况，只能挺四五个小时，随时都有可能昏迷。这些事我让家里人暂时瞒着他，怕他听到后会受刺激。

朱光明点点头，从沙发上一跃而起，来回踱着步子，一边搓着双手一边说道，我怎么没想到为他举行一次升旗仪式呢？这对他来说才是最有意义的事情。

接着朱光明目光灼灼地说道，其实牛帅的具体情况，我专门派人弄清楚了，和你们说的有点儿出入。牛帅那次受伤回家后，其实恢复得很快，身体基本没啥事了。他急着要开自己的饭店，就四处打工攒钱，白天在一家木器厂刷油漆，晚上在一家饭店帮厨。估计是那家木器厂化学气体超标，干了一段时间后，有一天，他突然出血昏迷，到医院一查才发现得了急性白血病。那家厂子死活不承认，赔了几个钱算是医疗费，就此了事，牛帅那时也没有精力打官司。其实那段时间，牛帅已经在县城选好了一家店面，原打算今年开张，说是要把我们都请过去大吃一顿，定金都已经交了。店主知道了他的情况，还好心把定金退给了他。我家在成都有一家公司，那些事都是委托他们调查的。

三个人有些感慨地想，此时面前的朱光明真是不一般，事情比他们做得细致得多，行事做派俨然一副大领导的样子。

朱光明喝了一口茶，继续有条不紊地说，我问过，要治这病，光是化疗、骨髓移植，少说就得七八十万，以牛帅家那种状况，他从哪里弄啊？再说还不一定能治好，所以他做了几次化疗干脆就放弃了。回家自己找了几个偏方胡乱治着，那些药的毒性大，他经常一边吃一边吐，人已经瘦得不像样子了。他知道自己活不了多久，所以连自己的寿衣、骨灰盒都准备好了。这段时间，他把自己研究多年的菜谱卖给了一个饭店，赚了点儿钱，再加上以前积攒的钱，都给了父母，说是留给弟弟用的。我们专门找了省里的一个专家去检查了一下，和你们说的差不多，他怕是只能活两三个月了。他们已经把牛帅送进当地的医院。你们看这样行不行，我马上让他们安排好车辆，我们几个人一辆中巴，牛帅的家人和亲戚朋友一辆大客，他家的人有三十多位。这样就用不着再走那段到他家的山路了。我们坐最后一班飞机，到成都是零点左右，再坐四个小时左右的车，大概凌晨五点钟到达市里，休息一下，吃点儿东西，就直接去医院。医院说牛帅早晨九点钟左右的状态最好，我们就那个时候举行升旗仪式。

朱光明思路清晰，一下就把计划说得如此详细，三个人心中不由得暗暗叹服。

李英俊说，省武警国旗护卫队一共来十二个人，加上我们三个，就是一个十五人的方队。段世杰陪着牛帅。我们商量还是别把事情弄得太大了，一是考虑影响，二是怕牛帅心里过意不去，这也就是一次象征性的仪式。

朱光明接着说，时间太紧迫了，我就不客套了，有些事我没和你们商量就做了。没有想到公司设立的“战士基金”，第一笔钱竟然用在牛帅的身上，基金会同意把那家饭店盘下来了，正在做牌匾，就叫“大眼火锅店”，明天就挂上，让牛帅看一眼，现在正在办理转户手续，法人代表是牛帅。公司指派专人经营管理，就算是给他父母和弟弟留下的吧！你们知道吧，即使得了这么要命的病，牛帅也没有外欠一分钱，不欠别人一个人情。他甚至根本不想让我们知道。他告诉家里人，等他死了后，把骨灰带到北京，让我们抱着他的骨灰参加一次升旗仪式，这就是他最后要我们为他做的一件事。

三个人听了朱光明的叙述，既感到内疚又感到难过，心情一时间都十分复杂。

第十六章　最后的升旗

几个人与牛帅相见时，不禁都大吃一惊。牛帅艰难地咧着嘴笑了一下，他的头发已经掉了大半，像干草一样，毫无生机，脸上骨骼尽显，人瘦弱得难以支撑，浑身几乎插满了管子，身上散发着浓重的药味。

牛帅看到他们的一刹那，眼泪不由自主就涌了出来。他一边呜咽着，一边艰难地说道，我被送进医院的时候，就猜到你们会来的。

屋子里摆满了盛开的鲜花，显得生机盎然。

几个人本想安慰他一番，可是眼见这样，最终还是强忍住，一边拉着他的手，一边默默地流下了热泪。

牛帅见状，反倒劝导道，你们这么远来看我，哭什么嘛。再说，老子还没有死呢！

随后，牛帅打起精神，一个一个地细细端详着，之后有些兴奋地说道，别弄得像遗体告别似的。朱公子，你比以前神气了不少，是不是你找人把我弄到这里的？把我折腾得够呛，白费力气，其实我在家里挺好的。段世杰，你那时候跑得比兔子还要快，写个告状信还把自己写到机关去了，现在混得不错吧，人也胖了一圈。崔成，你个狗日的，天生就是命好，关着门训练都有女人送上门，老子这辈子的遗憾，就是连个女人也没有讨到哦。李英俊，多乖的孩子，没有想到你出息得那么大，我们几个人的希望都在你身上了。那天老子在电视上看到你了，是去年国庆，对不对？老子一边喝酒一边流泪，没好意思给你们打电话。老子知道活不了多久了，今天看到你们就没啥遗憾了，可惜没能让你们吃上我亲手做的菜，这辈子你们算是没指望了。饭店本来要开张的，墙上就挂着我们在新兵营的照片，还有国旗班的，往那儿一摆，绝对镇邪招财，没想到就这么结束了。

崔成听到这里，抹了一把脸上的泪水，接过话来说道，你个混账东西，发生那么大的事也不告诉我们一声，还当我们是兄弟吗？就是死也不想见我们，你可真够狠心的。

牛帅习惯性地眼睛一瞪说，崔成，你这个狗东西，说这话没良心啊！我这病就是神仙也治不了，我心里清楚得很。我天天都想见你们，做梦都想，可是你们有你们自己的事，我牛帅就不是想让人怜悯的人，不想给你们添麻烦。见到我这样，还不是哭哭咧咧的一场，你们又不能陪我死，反倒弄得大家都挺难受的。这事我冷静得很，我大眼就想留给你们一个最美好的印象，以后你们想起我来，至少不会那么难受。我现在这个病歪歪的样子，你们看着好受啊？

说到这里，段世杰打断他说道，大眼，你知道我们今天来这儿是干什么的吗？

牛帅急促地喘着气说，谁知道，你们一进来就又哭又闹的，说了这么多话，闹得老子少活好几天。朱公子，你别费心了，花那么多钱也没有多大用处，还不是一个结果？我可不想死了还欠你的人情。大家都正常点儿，让我再多说两句。你们以后就知道了，人是知道自己什么时候不行的。死是躲不掉了，但我大眼连死也要快乐地死、痛快地死。说不定这次你们一来，我还能多活几天。说实在的，国旗班我去得最值，能够认识你们。只可恨那个事故，要不我还不是一样，和你们一起威风地站在天安门广场？其实我有一阵子特别想去看你们升旗，你们三个的升旗仪式我都没有参加，想一想，挺对不住你们的。我现在一点儿也不怕死，说起来你们不信。查出白血病的那一天我是害怕了，心想我牛帅怎么会这么苦命啊！国旗班没去成，开个饭店也开不成，连个老婆也没有讨上，怎么什么倒霉的事都落到我头上了呢？心里憋屈死了，这就是我牛帅的命啊！但反过来想，我一直没有白活，从没有浪费生命，每天都快快乐乐的，在新兵营我也是最快乐的，就连治病也都是快快乐乐的，所以，我也要快乐地去死，得个快乐也就足够了。

朱光明眼见时候差不多了，对牛帅说，大眼，时间不早了，抒情先告一段落，我们来是要办一件正经事的。你不是说过做梦都想亲眼看我们升国旗吗？

牛帅怔了一下，接着，他突然一把拉过朱光明问道，我没有听错吧？你个龟儿子，还要玩真的？打的什么埋伏？

李英俊大声说，我正式宣布，升旗仪式现在正式开始，地点在市技术专科学校，参加的有省武警总队国旗班三班，由我担任升旗手，崔成、朱光明为护旗手，本次升旗的主要内容是向老兵牛帅致敬。

接着，李英俊立正向牛帅敬了一个军礼，喊了一声，牛帅！

到！牛帅高声回应道。

这次由你担任升旗仪式总指挥，马上换装。

这时，病房的门打开了，三个拿着军帽、礼宾服和皮靴的武警战士走了进来。牛帅见状，立时有些不知所措了。屋里的三个人，除了段世杰之外，都利落地脱下便装，换上了仪式服装。段世杰拿着衣服让牛帅换上，牛帅手捧着那件衣服，泪水又一次濡湿了眼睛。他一边细细地抚摩着那身军装，一边感动地说道，好小子，李英俊，你可真有本事，弄出这一套。我可舍不得穿，就我现在这副模样，简直是糟蹋军服，这是神圣的事，开不得玩笑。说到这里，牛帅就再也说不下去了。不论大家怎么劝他，他死活也不肯把那身新军装换上。

这时，李英俊从提箱中取出一面折叠好的国旗放在了牛帅的手里，郑重地说道，中队长托我告诉你，这面红旗在今年的新年那天升起过，也在无数个重要场合升起过。他嘱咐我亲手交给你，说国旗班不会忘记任何一个为它付出了汗水和辛苦的战友，他还建议支队把你列入国旗手的名录之中，希望你能振作起来，像一个真正的战士一样，不能随随便便就倒下。

牛帅一字一句听完，一边哽咽着，一边敬礼道，是。

他们的车到达技校时，上千名学生已经身着统一校服列队等候在操场了。省武警总队国旗护卫队也已经准时到达指定位置，段世杰推着坐在轮椅上的牛帅缓缓走向主席台。牛帅双手托着国旗，尽量挺直身体。

一切准备就绪，牛帅被推到立式话筒前。此时此刻，只听他用颤抖的声音高喊道：升旗仪式现在开始！

出乎牛帅意料的是，队伍开始行进时，全场齐声唱起了“五星红旗迎风飘扬……”这首歌瞬间击中了牛帅的心。随着这首歌的唱响，几乎所有人的眼睛都湿润了，每个人都能感觉得到，此时，他们正在传输着人世间最强大的能量。

这支奇特的队伍缓缓向前走着，当齐刷刷的脚步声响起时，操场上立刻响起一片抽泣声。一步一步，他们走过来了，经过牛帅身边时，战士们齐刷刷地向他投来了侧目礼。望着眼前这一切，牛帅挣扎着想要起身回礼，但他的努力失败了。无奈之下，他只能坐在那里，抬手行着军礼，那只手久久没有放下。

国旗护送到了旗杆前，李英俊立刻上前挂上国旗，随手挥出，一刹那，国旗发出令人炫目的光芒。崔成稳稳地拽拉着绳索，与此同时，国歌响起来。而当他按照升旗的速度完成升旗的整个过程时，竟然与国歌进行的速度不差分毫，简直达到了完美的程度。

在场的所有人都举起手来，向那面鲜红的五星红旗注目敬礼。

牛帅一直抬着手臂，努力控制着颤抖的身体。

眼前发生的这一切，在牛帅看来恍然如梦。他突然觉得自己的意识有些模糊，眼前闪现出了新兵营的一幕幕。他想到了威严的丁大队长，还有与他朝夕相伴的迟班长；他想起了迟班长那苛刻的目光；当然，还有那个曾经活力无限的自己。每一张面孔，包括他自己的，都随着音乐在眼前迅速滑过，像清风一般透彻心扉。眼前这三个最熟悉的国旗手，既遥不可及，又近在咫尺。他的病痛和曾经那些难熬的黑夜忽然间全都烟消云散了，所有的人都在诚恳地向他祝福，生机无限的春光也都集中在他的身上。这是一个完全属于牛帅的瞬间，无人可以剥夺，就是死亡也不能！他真不希望这一刻就此结束，再重新回到残酷的现实之中。

仪式很快就结束了，快得有些不可思议，让人感到意犹未尽。牛帅原来死灰般的脸焕发出了昔日的神采，但是他的心里清楚，这也许就是老人们所说的回光返照吧！这时，电视台的记者们一起拥上前来，不住地问这问那。牛帅说，我真的没啥可说的了，你们都看到了。还是让孩子们赶紧解散了回去上课吧，耽误别人的时间我心里实在过意不去。然后他握着校长的手一个劲儿地点头称谢。记者问他有什么感想，牛帅说，我一辈子都没有想到会给这么多人添麻烦。说着说着，他的眼里又满是泪水了。

省武警总队国旗班的战士来到他跟前，列队向他行礼，牛帅马上回礼，和每一个人握手告别。

几个人终于坐进了车里。当车门关上后，牛帅立刻瘫软下来，整个身子仿佛虚脱了一般。

刚才真是累着了，我要睡一会儿了，牛帅虚弱地说道，你们这次真要了我的命。朱光明，你还是行行好，把我送回家吧。牛帅说罢，头歪向一侧，竟然很快睡着了。随车的大夫探了探他的鼻息，听了听他的心跳，说没多大问题，累过劲儿了，一会儿就好了。

按照朱光明的安排，车没有直接去医院，而是行驶到了另一段公路上，最后在一家正在装修的饭店门口停了下来。饭店的牌匾已经挂出来了，上面写着"大眼火锅店"几个明晃晃的大字。饭店还没有正式营业。朱光明下了车，朝几个人说道，咱们就在这里开一个班会吧，也算是给他一个惊喜。

门口站着一个老板模样的人，带着几个服务员，殷勤地把他们接进店里的一个包间中，牛帅被移放在沙发上，他依然在深睡着。

朱光明指着牛帅对那人说，他就是饭店未来的经理。那人看了看他，露出怀疑的神色，以为朱光明在和他开玩笑。朱光明猜出了他的心思，正色道，你给我记住，不管他睡着还是醒来，他从此以后就是你的经理。我们走了以后，饭店就正常开业，公司会派人过来管理的。

这边朱光明正一五一十地交代着，那边牛帅不知道啥时候醒过来了，第一句就说，朱光明啊，这事我对你很不满意，你先让他出去吧，我有话要和你们讲。

大家觉得此时的牛帅清醒异常。李英俊问班会怎么开。段世杰说，按老规矩办，迟班长公务在身来不了，我是副班长，这次班会由我主持。

牛帅瞪着眼睛说，我先申明一下，这可能是我的最后一次班会，大家不许说丧气的话，不能有歧视，得把我当正常人对待。大家都理智些，情绪正常点儿。你们先说，我最后一个说。

段世杰点头说，大眼你放心，我们兄弟几个这次来就是想让你看一下升旗，这是我们几个人的心意。国旗班，还有支队的人听说了，大家为你捐了一些钱，这里面还有迟班长写给你的一封信，让我们带给你，至于你个人怎么处理，我们就不管了。迟班长命令你马上接受治疗，不允许丝毫耽搁。说着就把一只牛皮纸袋递给了牛帅。

李英俊补充道，钱是给你治病的，这里面也有迟班长和我们几个人的心意，医院是朱光明联系的，我们做兄弟的，不可能见死不救吧。

牛帅“嗯”了一声，接过来，放在旁边的桌子上。

崔成说，牛帅，我要正式批评你。你和过去一样，就是一个不管不顾的浑蛋，根本不考虑大家的心情。你装什么大英雄？你就只想着自己的感受，没有集体观念，你有真正考虑过我们的感受吗？这种病早点儿治疗是有康复希望的，非要弄到这步田地，你做得太绝了，根本就是在伤我们的心，我们又不是没有能力帮你，你干什么呀，连个屁也不放？这事我崔成绝不能原谅你。

牛帅点点头，望了一眼朱光明。

朱光明说，牛帅，你入院治病，还有租下这家饭店的钱，都是我们公司的“战士基金”审查通过的。再说，我们帮助的又不是你一个人，所有的手续都要经过严格审查，并不是我个人的私情，“战士基金”就是要帮助那些退伍后患重病的军人。再说了，经营这家饭店除了改善你家的条件，还要去帮助别的退伍军人，我们会派人定期审计。这只是提供给你一个机会，发挥你的特长，经营不善我们还是要收回来的。要说有点儿个人私情在这里，那就是我把店名定为“大眼火锅店”，这么做合情合理，没伤你的自尊心吧?

牛帅一声不吭地听着，然后问大家还有什么要补充的没有。段世杰扫了几个人一眼，对牛帅说，你可以说了。

牛帅叹了口气说，我从来都把你们当作兄弟，应该说是亲人，有你们这份真情，我马上死都值了。难受的时候，想起你们就想哭。崔成，我知道你为人仗义，可我牛帅就是这个臭脾气，不想沾任何人的光，不想欠任何人的情，不想半死不活地成为大家的累赘。我也想多活几年，朱公子让我相信医学，这病我比你们明白得多，别跟一个马上要死的人讲啥医学。一切都晚了，你们就是拿命来救我也晚了，在这上面花钱连个响也听不着。光明，你弄一大堆词儿，我半句也听不懂，你是个明白人，就我现在这个样儿，连吃个饭都费劲，还经营饭店?你不过是想让大家心里好受一点，可你考虑一下我的脸面，我不想欠任何人的，大眼就是要干干净净地死。这样吧，我退一步，叫“大眼火锅店”可以，就算留个念，只要不嫌不吉利就行。饭店还是让别人经营吧。你们几个，还有国旗班和支队的兄弟们捐来的钱，我想这么处理，正好光明弄了这个“战士基金”，都存在那里吧，就算我的一份心意，帮助那些活着的人吧。实话告诉你们，我前段时间想把身体都捐了，家里人死活不同意，最后答应让我把眼角膜捐了，咱们班就属我的眼睛大、视力好，总算能派上用场了，我挺高兴的。今天是我一生中最光荣的时刻，不枉和大家相识一场，虽然不能去国旗班，也值了。你们能做的都做了，别内疚了。

我最后拜托大家一件事，我是严肃的啊。本来我想分别给你们每个人写一封信，立个遗嘱什么的，既然大家都来了，我就索性都说了，再也用不着给你们留什么字了，写封信对我来讲太折磨人。这几年我攒的钱够我的丧葬费，余下的钱留给弟弟，再说家里有田地，吃喝不用发愁。我死了以后，我叔叔会带着我的骨灰去找你们，我爸从没有出过门，怕他办不来。你们谁捧着去一趟天安门，就当是代替我向国旗敬个礼。没进国旗班是我最大的遗憾，这事你们帮我完成了。然后再让我叔叔捎回来，埋在我家祖坟里，就算完事。我这一生也就圆满了。

几个人都知道牛帅的每句话都是经过深思熟虑的，也不好再说什么。

最后，牛帅说，我该说的都说完了，一会儿还麻烦你们把我送回家。我不想留在医院里等死，昨天就有一个病友没了，看得我心里直发慌。再说，在医院家里人照顾我也不方便。你们还是早点儿回去吧，该做什么做什么去，我这身体又陪不了你们喝酒玩耍，总不能在一起老开班会吧，啥滋味儿也没有。我今天还不错呢，要在平常，老是没完没了地睡觉。别说我大眼无情，要赶你们走，你们又不是我老婆，你们陪我时间长了，我心里会发慌的，互相看着难受。我只想说一句，为了我，你们要快快乐乐地活着，没有几个人有你们这样的好运气。段班长还有什么要总结的？没有的话，班会就开到这里吧。

第十七章　陶氏集团

退伍前的两个月，国旗班专门举办了一次招聘会，来了不少名头很响的大企业老板。国旗班的复员兵不难找工作，但大多数人还是选择了回老家就业。李英俊问崔成有什么打算，崔成半开玩笑半认真地说，反正不会去做什么保镖保安的，我就想着能回家看山守林、种田务农，过简单的日子。等你哪一天转业了，我一定带你到我们白马村看看。

李英俊一脸神往地说，可不，天天听你吹得天花乱坠的，我真想看看到底是块什么风水宝地。

事实上，为了谷水秀，崔成已经答应了谷文化，先去陶氏集团上班。这事弄得像是在做一笔交易，虽然崔成心里隐隐地有些不情愿，但是好在终于与谷水秀在同一座城市里了，再也不用受相思的煎熬了。

李英俊已经升为国旗班的副班长了，并且确定要超期服役，他还是中队的重点发展对象。他曾经对崔成说过，一旦离开国旗班，他还真不知道做什么好呢！崔成说，没错，你小子就是为国旗而生的。现在啥也不用想，中队会给你安排好的，再说，我们五个人当中总得有个人在这里看家守业啊，再回来的时候，也有个自己人招呼啊。在新训大队的时候，朱光明就说，你肯定会长时间留在这里，那小子的眼光可真毒啊！

自从他们上次见过牛帅之后，牛帅的精神明显好转了不少，听朱光明说，在他的劝说下，牛帅已经去省城医院接受综合治疗了，他的病情时好时坏，可是他一直很乐观。“大眼火锅店”也开出了名气，他有事没事还在研究他的牛氏菜谱，据说挺受当地人欢迎。他还时不时与他们每个人通通电话，电话里的牛帅还是一嘴的不正经，嘻嘻哈哈地开着玩笑，说自从有了那次升旗，想死的心就没了，活一天就赚一天，绝不能赔本，口气一点儿也不像临终之人。崔成根本没想到，一个人的精神力量竟然起到了这么大的作用，眼瞅着牛帅已经维持了一年多了，简直是个奇迹。

每一次面对李英俊，崔成都好像有一肚子的话想说，可不知说什么好。有一天，两个人下岗回营房已经是后半夜了，偌大的广场此刻显得有些冷冷清清，崔成叹口气说，英俊啊，说句老实话，一想到离开国旗班，我的心就没着没落的，这一走就不知道啥时候再回来，我真不知道该怎么熬过那一天，这里的每一寸地方都在我心里刻着呢。幸好你还一直在我身边，我心里还好受些。

李英俊的眼里泪光一闪，马上忍住了，又学着迟班长的口气捶了一下崔成说，崔成，你爷们儿一点好不好？我就不信你们走了就再也不回来了，这一辈子你也别想离得开国旗班。

之后的那些日子，崔成是数着时间过的，虽然每天还是照常地升降旗、站岗值班，但其中的感觉却完全不同了，每一分每一秒都显得格外珍贵，同时又是那么沉甸甸的，压得他喘不过气来。

那一天终究还是到来了。谷水秀打来电话告诉他，她在省城等着他。从谷水秀的声音里，崔成能感觉到她的激动。她说，崔成，我知道你现在心里很难受，舍不得国旗班，你回来还有我呢，我们终于可以在一起了。

谷水秀说陶家已经派车在广场附近等着接他，仪式一结束，马上坐车直奔省城。

崔成给父亲打电话。崔立国说，小子，给国家升旗站岗，你这兵当得值了，比你爹出息多了。等你这么几年，你妈想得不行了，没想到还得给老谷家打工，谁让你惹了人家的宝贝了。好在到了省城，回家不受限制，安顿好了，马上给老子回一趟家。

崔成说，我才不想去那个什么陶氏集团，我天天都盼着回家呢！我想，最多干两年到头了，也当是还了她家的情了。

朱光明、段世杰和牛帅也都打来了电话，说不能参加他的退伍仪式，让他自己一个人难受去吧，并且嘱咐他一到了新地方，马上把情况告诉他们。其实崔成也想像朱光明一样干干净净、一声不响地离开。每次国旗兵复员的场面他都记忆犹新，他无法想象要怀着怎样的心情，当着战友们的面取下肩章帽徽，听着《送战友》的曲子，面对一张张朝夕相处的面孔，挨个儿与他们拥抱、抱头痛哭，然后从列队持枪敬礼的队伍中穿过，再观看一次为他们专门举行的升旗仪式。

去年有一个超期服役一年的擎旗手，想继续留在部队，可是现实已经无法改变。那天傍晚六点多，他和其他退役的战士坐在食堂里，吃着部队最后一顿饯行的饺子。这时，他忽然站了起来，走到指导员面前，恳求道，指导员，我有一个请求，想再到旗杆那儿去看看，行个军礼。指导员陪他一起去了。在国旗哨位，他围着国旗杆基座转了一圈又一圈，又挨个儿抚摸着五十六个金黄色的隔离墩，流着热泪久久地倚在国旗杆下面。看完后，指导员陪着他往回走，他突然扭过头往回跑，没等指导员反应过来，他双臂抱着粗大的国旗杆，扑通一声跪下了。指导员立即跑过去把他扶起来，他满脸泪水地说，指导员，你们可要把国旗升好，护卫好啊！

有的老兵退伍回家办理完手续后，很快就回到北京工作，他们到北京首先就要到中队来报到，跟中队说一声，到哪儿工作了，以及一些基本的情况。这已经成了中队的传统。只要是从国旗班出去的人，不管离开这儿多少年了，每年都要到中队来走走看看，第一件事就是跑到旗杆下向国旗敬一个军礼，然后看升旗降旗，亲手抚摸国旗。每个人都对国旗有一种特殊的无法割舍的情感。

那一天凌晨下起了零星小雪。晚上崔成和同他一起退伍的老兵们都没有睡，他们打着背包坐在宿舍里等着看升旗，谁也没有出声，就那么静静地等着，这是他们在国旗护卫队的日子里最后一次看升旗。复员退伍的战士包括国旗护卫队的六十人，连同其他中队的三百人，整整齐齐地在广场排列着，站立在凛冽的寒风之中，等待着最后的告别仪式。

当国旗仪仗队走过金水桥时，所有人都注目凝视，队伍里已经响起了一片抽泣之声。崔成远远地看着作为护旗手的李英俊正步走来，他眼里已是一片模糊。一大早，是他帮着李英俊最后一次整理了一遍礼宾服，末了拍着他的肩膀说，英俊，哥不能再陪你了，好好干吧，有时间我会来看你的，你是我的好兄弟，永远也不会变的。

多少个日日夜夜的相伴，此时只能化成如此干巴巴的几句话，而他的心如刀绞一般。崔成感到自己从进入新训大队之后，就像一列一直在高速行驶的列车，他身上的每一根血管、每一块骨骼都经过无数次的风风雨雨，都已经调配得如此协调完美，而突然之间说停就停了，他还真的有点儿不适应呢！

当国旗升起、国歌响起、国旗手持枪敬礼时，所有人再也忍不住了，一个个已经泣不成声。所有退伍战士向国旗长久地行注目礼，那是最后一个与自己的生命息息相关的敬礼，它的结束竟然那样让人痛彻心扉。

眼见着仪仗队渐渐消失了，崔成觉得大脑里已经一片恍惚。一刹那，他就好像完全被掏空了一样。他的手里还捧着支队给每个退伍战士送来的礼盒，耳朵里断断续续传来支队长在告别仪式上的讲话：你们要将在这里所学到的优秀品质带进社会，你们曾经是坚强无畏、经受过无数考验的战士，你们将带着国旗手优秀的基因，尽快融入社会，在快速发展的经济社会里再创辉煌……

几个月后，崔成给朱光明打电话说，我终于明白你过的那种所谓的高尚人的生活了，无聊得很，看来我这人天生没这个福气。天天陪着富人跑东跑西的，总觉得过得挺别扭的。朱光明冷笑道，不就给人当个专职司机嘛，我看你也不合适，还是听你爸的话没错，大城市的生活你玩不转的。然后他又问起崔成与谷水秀的事，崔成说，我们正热乎着呢，你就羡慕去吧，但我一天忙得团团转，虽说想见就能见到，但其实见面的时候也不多，她也忙着毕业答辩呢，只等着她一毕业，就把婚事定下来。朱光明说，你小子天生就有女人缘，那你们今后怎么打算的？崔成说还没想清楚，再等等看吧。

自从进入陶氏集团后，崔成才发现自己进入了一个完全陌生的世界，一个不属于他的世界。

不管怎么说，崔成给陶总当司机这件事，还是展现出了谷文化精明的一面，眼看着县里和陶守业正谈联合开发土特产经营的项目，他便想方设法把崔成安排了进去。虽然崔成暂时只是陶守业的专职司机，可这个位置特殊啊，以后的发展不可限量。他才不想让崔成就这么老老实实回到白马村做一个默默无闻的农民呢！如果那样的话，他在自己最宠爱的女儿身上所花的心血就全白费了，面子上也过不去。既然崔成与谷水秀的事已成定局，倒不如干干脆脆地为崔成设计一条能迅速提高身份的捷径。一旦联合开发的事情做成，他谷文化对县里的贡献也不小。

崔成第一次上方队升旗时，是谷文化硬把陶守业拉过去的。仪式结束后，两个人还匆匆见了个面，陶守业一眼就相中了崔成，觉得国旗班出来的人一定错不了，绝对忠诚可靠，身体素质也一流。再说，让一个堂堂的国旗手给他当司机，不论走到哪里都给自己长面子。

那天离开国旗班后，崔成到达省城后见的第一个人却是陶守业的女儿陶荻。

公司派去的那个司机直接把崔成拉到了一个名叫“名典”的咖啡屋里。陶荻就坐在角落处一个舒适的藤式躺椅上。见崔成进来，陶荻眼睛一亮，忙招呼他坐下来。

陶荻就像是一颗宝石，在暗处熠熠生辉。她穿着一件宽松的毛线衫，显得宁静而又高傲，一只手不停地摆弄着一只精致的打火机。

她的面前摆着两瓶啤酒，还有一杯她喜欢嚼的冰块。在这种场合下，崔成感到有一种说不出的拘谨，他脱离社会太久了，看什么都觉得有些陌生。他原以为是到公司的办公楼正式报到的，没想到却来到了这样一个地方。见他一声不响规规矩矩地坐在那里，陶荻终于忍不住笑了起来，她望着崔成说道，别说我爸还真有眼光，国旗兵就是不一样，让人看着就踏实安全。听说你以前在北京开过车？崔成说，那时天天开车给客户送货，这么久没摸车了，还得熟悉熟悉。陶荻说，那不急，慢慢来。接着，她向服务员要了一壶茶。

茶水端上来时，陶荻低声说道，公司已经给你安排了住的地方。你的工作主要是天天接送我爸，当然有时也接一下我。记住，在公司里只听我的安排，别的什么事也不用管。最近老爷子身体不好，你要一天二十四小时待命，辛苦你了。说到这里，陶荻从手包里取出一部手机递给了他，还有一把车钥匙。她继续说道，你现在的身份就是我和我爸的专职助理，车就在门口，一会儿司机都会交代你的。

烟气从她的嘴里丝丝缕缕地冒出来，看上去，她显得那么镇定自若，与朱光明有几分相似。

也就是从这一刻起，崔成感到自己一下子陷入了一个完全令他迷惑的世界里。直到后来他才知道，此时陶氏集团正陷入继承权争夺的风暴之中，至于谷文化所说的与县里联合开发的事情，对陶氏集团来说简直就是一桩微不足道的小事。陶获此时正代替陶守业掌控着整个公司的业务，她的对手就是自己的亲弟弟陶放。

崔成在公司里也见过陶放几次，他是个瘸子，加上小时候发高烧烧坏了声带，人又天生有几分木讷，让人见了不由得心生怜悯。

崔成第一次见到陶放时，陶放穿着一件白得扎眼的衬衫，嘴里含着酒气。他稳稳地端坐在椅子上，自顾自地笑着，脸上除了和善之外，再也找不到多余的表情。

陶放每说一句话都会费很大的力气，说话的时候，他的喉咙一耸一耸的。他望着崔成说道，老爷子的安全都交给你了，千万不能出什么意外。崔成哪里知道他话中的深意，微笑着点头说道，放心，那是我的职责。

崔成虽然也听到了不少有关陶家的传闻，但他经常会做出一副一无所知的样子，除了分内的那些事情，在这个公司里他不想参与太多。他心里十分清楚，他在这里是待不长久的，只要谷水秀一毕业，他就带着她回三河镇。到那时，谷水秀会到镇里的中心学校教书，这事他和谷水秀已经商量好了。回家的事谁也拦不住他，即使这里有天大的好处，对他来说也毫无意义。

陶守业去公司的时间很少，公司里的业务一直交由陶荻掌管着。

崔成还记得回来后第一次与陶守业真正意义上的见面是在一家高档的茶楼里。那天他走进茶楼的一间茶室时，看到陶守业正和银行里的一个领导私聊什么。抬头见崔成走了进来，陶守业立时就闭了口，一边笑着，一边招呼道，小崔啊，别见外啊，在这里等我一会儿。

陶守业说，陶荻都和我说了，从此我也就不把你当外人了。先不忙，在这儿喝点儿茶再说吧！正说着，茶室的门被人推开了，一个女人笑吟吟地走了进来。

那女人一头长发，举止优雅，款款地坐了下来，并向每个客人打着招呼。不一会儿，两个服务员抬着一架古琴进了门。只听陶守业说道，让我家盈盈给两位清清心吧。

崔成捺着性子，远远地坐在一旁喝茶等候着。

陶守业接着介绍道，盈盈曾在文工团工作，精通琵琶和古琴。那琴是国内的一位古琴大师制作的，琴身用的是一块特殊的桐木。为了把这架琴送给盈盈，陶守业花了大价钱。

陶守业半闭着眼睛坐在那里，若无其事地品着茶。盈盈坐在琴旁，戴上指套，沉吟了片刻，问道，要听哪一首？

陶守业说道，还是那首《汉宫秋月》吧！

说着，那琴声铿铿锵锵地响了起来。盈盈的手指在琴弦上跃动着，琴音清澈悦耳，如流水，似寒月，像嘶鸣，若哀叹，一时间把点点俗气都洗净了。

崔成不禁感叹道，这大概就是朱光明所说的富人的高尚生活吧。但是，他却从内心里不喜欢这样的生活。

喝完茶后，崔成开车把陶守业送回他的私人别墅，陶守业的话不多，崔成更是守口如瓶，看得出陶守业很喜欢他这一点。

别墅位于市区远郊一片白桦树掩映的幽静之处，那是一座不大不小的古典建筑，依山而立，显得十分玲珑。此时天空月牙高悬，繁星晶莹闪烁，一番城市里难见的景致。下了车，耳朵里灌满了山野里的蛙鸣，呼吸着沁人心脾的空气，崔成不觉有些心旷神怡。

每天崔成都准时来接陶守业。陶守业这人有点儿洁癖，难侍候。生活里的陶守业，既不吃葱、姜、蒜，也不吃任何带眼睛的东西，对异味更是敏感得过了头。当然，陶守业身上所有的忌讳，都是陶荻亲口告诉崔成的。当崔成第一次进入陶守业的私人房间时，里面的情形不禁让他大吃一惊：地毯上散落着一张张练习书法的宣纸，没有洗刷的笔牢牢地粘在砚台上；电视电脑从来没有关过，都在无声地运行着；传真机上还挂着没有撕下来的传真件；各种报纸期刊和文件错杂在一起，被随意扔在床上、桌上、茶几上，甚至马桶盖上；茶几上堆放着几种新鲜的水果，它几乎成了固定的摆设。看上去，整个房间就像刚刚经历了一场洗劫。

与此格格不入的则是陶守业的衣橱，里面的衣物像档案一般严格地分门别类。每件衣服上，一道不起眼的折痕也别想找到。陶守业像女人一样精于打扮，头发总是向后齐整地梳理着，中间却夹杂着触目的白发，他那转动灵活的眼珠中流露出世故的怀疑和天生的高傲。他也当过兵，后来做过教员，经过训练的身体一向笔直地挺着。

自从妻子在一次车祸中意外丧生之后，陶守业整个人的精神一下就垮了，从此，他再也懒得管理公司里的大小事务。因为他从前搞企业太操劳，所以落下了一身的毛病。谷文化时常给他寄些中药来，并专门给他配制了丸药。细说起来，陶守业现在最忧心的就是陶荻姐弟两个的关系，而偏偏两个人都不是省油的灯。

崔成知道公司表面看起来平静，其实已经是波涛汹涌了。他暗地里让朱光明帮他查了一下陶氏集团，结果朱光明告诉他，陶氏集团的正常业务没什么问题，只是非法集资的事情如果不处理好，可能会出大事。

除了每天正常接送陶守业，看护他不出意外，崔成还要时不时地接送陶荻，此时他俨然成了他们父女心目中最可靠的人。

陶荻行踪不定，无论做什么事情都透着几分神秘。

有一次，陶荻竟然让他去市里有名的琴行等她，说她正在练琴，这件事情让崔成感到万分意外。听陶守业说，陶荻曾经专门学过小提琴，这和她现在十分强势的形象简直格格不入。因为还没有下课，崔成只好在琴室外耐心地等她。外面雨声潺潺，一眼望去，窗外布满了湿重的落叶。一旁的房间里，传来了小提琴急速、尖锐的声音。

崔成感到有些好奇，便透过一方玻璃向屋内望了一眼。他看到陶荻果然正长发飘飘地坐在那里。崔成还是头一次这么细致地观察她，此时的她感性、柔弱，像一个随时需要呵护的女人，崔成不由得感叹起她的多变来。

最近一段时间，崔成敏感地发现陶荻的心思竟然越来越重了。有一天，陶荻专门带着他去了一家高档游泳馆。泳池里的陶荻，把自己装扮成了一个恋爱中的女孩，她一边笨拙地在水里划动着，一边充满柔情地望着一旁的崔成。后来，她停了下来，轻声问道，我漂亮吗？这样娇嗔的一句话，差点儿让崔成窒息。崔成轻轻地推开她靠过来的身体，小心地说道，陶总，时间差不多了，咱们该回去了吧?

但是，陶荻竟然表现得越发赤裸裸了。

只要有时间，陶荻就会在崔成的身上留下一道印痕。她甚至为他收拾床单被褥，为他削好苹果。她忍受不了他哪怕一点点的不舒服。做完这一切，她还会在雪白舒适的床单上静静地躺上那么一会儿，以此给他留下浓郁的爱的气息。

天下没有不透风的墙，因为陶荻的缘故，崔成一下子从一个默默无闻的私人司机成了公司里的中心人物。落在他身上的目光也一下子多了起来，关于这一点，他的心里很明白。但他还是同往常一样，不管见到谁都是一脸谦和的微笑，面对扑面而来的质疑目光，没有表现出丝毫的诧异。

每天崔成还保持着在国旗班时的习惯，睡觉不用枕头，四点钟准时起床，出不了操，就一个人出去跑跑步，从没间断过。迟班长曾经对他说过，谁也不可能一辈子待在国旗班，到了社会上一样可以做有价值的事，可他现在心里空得发慌，一时难以适应。没事的时候，崔成就翻看谷水秀为他整理好的《训练日记》，那些散乱的信笺，已经被她细心地装订成册了。虽然每一篇日记写得都十分简短，但是每一天发生的事情，至今想来，仍然是那样真切。

第十八章　回家

此时的陶氏集团正被陶放非法集资的事情弄得焦头烂额。据知情人说，陶放免不了要被抓进去，而且要补上这个大窟窿，公司的家底至少要被掏空一大半，如此一来，陶守业几十年打拼的心血就会轻而易举地打水漂了。为此，陶守业不得不亲自出马四处找关系。

陶荻认为他父亲心慈手软，便逼着陶守业交出公司的管理权，大大小小一切事情由她全权处理。

这天，正赶上陶守业的生日。生日宴会是在公司开的一家酒店操办的。可是，现在陶守业哪里还有这样的心情？于是，他只招呼了陶荻、陶放和公司的几个高层，在一间包房里草草地吃一顿饭。几个人一边吃着饭，一边商量着公司的事情。席间，陶家三个人不知何故激烈地争吵起来，吵到最后，陶放起身扔下一句“别把我逼上绝路”便匆匆离去了。一场酒席也就这样不欢而散。

这期间，崔成一直在另一个包间等候着，看着屋中间摆放着宝塔一样的蛋糕，他竟然感到有一种说不出来的凄凉。后来，父女俩走进了包间，陶守业四处打量了一番，不由长叹了一声，说道，人都走了也好，清静！

就像是什么事情也没有发生一样，陶荻一边微笑着，一边招呼崔成把蛋糕切了。陶守业脸上的表情看上去也和缓了许多，接着，他象征性地吃了几口蛋糕，像忽然想起了什么似的，他两眼盯住陶荻，心事重重地叮嘱道，记住我说的话，什么事我都答应你了，我也再不过问公司里的事了，可是陶放毕竟是你的亲弟弟啊，你就帮他这一次，就算了结了。我一直预感到他要出大事，这几天你要派人盯紧他。说到这里，陶守业长长地叹了一口气。

陶守业的预感应验了。事情发生在陶守业生日宴会一周后，陶放跳了楼。法医说他临死之前意识还是清醒的，他的血液中酒精含量过高。那一天，陶放的司机送他来到了“怡芳园”，这是公司以前开发的一个小区。陶放最近新找的一个名叫莫莉的模特就住在这里。没有想到的是，陶放进门没多久就和那个女人大吵了起来，吵着吵着，陶放便动手打了她，莫莉尖叫着躲进了浴室，一边清洗着鼻血，一边给自己的弟弟打了电话。

陶放嘴里仍在咒骂着，没有打开浴室的门，便一个人跑到阳台抽烟去了。阳台围着黑色的铁护栏，齐腰高，却没有封闭。莫莉见半天没动静，便忍不住走出浴室看了一眼，发现陶放不知到哪里去了。阳台上的吊灯兀自闪亮着，地面上留下了一截抽剩下的烟头和一盆被蹬翻的金橘。也只是片刻的工夫，莫莉便听到了从楼下传来的惊惶失措的喊叫声。

陶放是从八楼的阳台上跳下去的，头朝下，倒在了一片血泊里。

听到这个消息，陶守业一下子就垮掉了，接着，他被送到了省医院进行抢救。那些天里，崔成一直在医院陪护着他。几天后，陶荻干净利索地处理完了弟弟的丧事和亏空的债务，公司总算暂时安定下来了。

一天晚上，陶荻打来电话，说要和他谈谈。崔成听到她口齿不清的声音，知道她喝了不少酒。没顾得上细想，崔成就赶到了医院，在医院的停车场，他一眼就望见陶荻正从车窗里伸出头来，嘴里还一声声地喊着他的名字。

你怎么喝酒还开车呢？崔成不无埋怨地问道。

陶荻向他摆摆手，说道，管他呢！

说完这话，她竟然神经质地笑了起来，一边笑着，一边让崔成上了车。紧接着，她把身子凑过来，神神秘秘地望着崔成说道，我要带你去一个地方。

去哪里？崔成不由得一阵紧张。

到了你就知道了。陶荻说。

你喝多了，我还是送你回家吧！

不，我真的有话要对你讲。陶荻眼神迷离地望着他说。

崔成拗不过她，便把她扶到副驾驶的位置，又问清了要去的那个地方，这才驾车朝远处驶去。

崔成，你难道真的不喜欢我吗？过了好大一会儿，陶荻侧过头来问道。

但是，刚说完这话，还没等崔成回答，陶荻就又一次忍不住了，她把一颗脑袋伸到了车窗外面，“哇哇”大吐起来。崔成只好把车停了下来。

陶荻终于把胃里的东西吐完了，这才回过头来，看了崔成一眼，充满疑惑地问道，到哪儿了？

那个小区崔成从没有去过，看来，这应该是陶荻最为隐秘的一处住所。

打开房门，陶荻长长地舒了一口气，舒展了一下身子，随手打开了客厅里的落地灯，而后她甩掉了脚上的鞋子，光着两只脚在发亮的地板上自由自在地走动着。末了，她转身对崔成说道，你先坐着，我先去洗一下，身上都快臭死了。说着，陶荻冲向了洗手间，一阵哗哗的水声，从那里传了出来。

崔成坐在沙发上无事可做，便认真地打量起这套宽敞的房子来。客厅里摆放着一盆盆茂盛的绿色植物，正面的墙上挂着陶荻的一张被放大了的黑白照片。照片上的陶荻，此时此刻正冷峻地盯着他，好像并不欢迎他这个陌生人的到访。

显然，这是一间充满了浓郁女人气息的房间。

不大一会儿工夫，陶荻便穿了一件浴衣从洗手间里走了出来，接着，她随手端来了两杯升腾着热气的咖啡，全然一副体贴入微的样子。

今天真是在你面前出丑了。陶荻抬眼看着他，突然有些不好意思地说道。

崔成莞尔一笑道，时间不早了，你有什么话就直说吧！

陶荻想了想，竟然叹息起来，说道，你来公司时间也不短了，公司的情况也大概知道了一点。你知道我喜欢你，我还从来没有对任何一个男人动过这样的感情。说心里话，你是我从小到大唯一一次的真爱。不知为什么，只要在你身边，我就会有一种安全感。我一直不想让你知道公司过多的东西，主要是不想让你知道这里面有多么险恶。你在部队待的时间太长了，还不了解社会。自从我踏进这个公司的那一天起，在我眼里，这个世界除了交易，已没有什么是可信的了。

说到这里，陶荻下意识地停了下来，侧目望着崔成，半晌才问道，你不想说点儿什么？

崔成一直沉默着，听了陶荻的话，他沉吟片刻，说道，我想等你把话说完。

陶荻却点了一支烟，慢慢说道，其实你进公司之前，我就把你的底细调查得一清二楚了。天天在我和爸爸身边的人，我能不小心吗？我知道你有一个在师范学院上学的小恋人，我还专门去看过她。你不用担心，她并不知道我是谁。你不就是她父亲介绍过来的吗？你未来的老岳父可真是不简单。说到这里，陶荻嘲讽般地笑了笑。

崔成这才意识到自己真是低估了她。

陶荻一副将世事看穿的样子，接着又说道，我一直好奇你来公司到底是为了什么，难道仅仅就是为了做一个司机？为此，我曾不止一次地试探过你，也给过你很多次暗示和机会，可是你一直是揣着明白装糊涂，好像从没把我放在心上。不过，现在我问你，你对我说句实话，别人说是我设的圈套害死了我的弟弟陶放，你相信吗？

崔成怔怔地望着陶荻，如实回答道，我不相信你会干出那种事，他是你亲弟弟。

话音未落，陶荻突然发出一声尖厉的笑声，眼神也立时变得冷酷起来。接着，她一字一句地说道，即使他不死，我也早打算把他赶出公司了，凡是我想要的，谁也挡不住，你对我还是太不了解。

崔成异常平静地说道，我只是你们聘用的一个司机，对不该知道的事，我没什么兴趣。

陶荻口气缓和了一些，说道，那样最好，说实在的，我都说不清自己是个什么人了，但有一点可以肯定，唯独在你面前，我觉得自己是干净的，一点儿杂念也没有，可以为你做一切事情，而且压根不求任何回报。这对我来说是不可想象的，因为我骨子里是一个彻彻底底的商人，这一点即使我爸都不如我。

陶荻的胸口不断地起伏着，燃烧的眼神简直让崔成无法直视。眼前的这一幕，让崔成突然想起当时与常小美做最后告别的那个时刻，常小美也是用这样的眼神望着他的。

崔成的心不禁抽动了一下，说道，你还是错看了我，我根本不值得你这么做。

陶荻咄咄逼人地问道，你是嫌我比你大六岁，还是嫌我不够漂亮？或者说我不如你的那个小女生？

崔成正想着如何回答时，陶荻突然情绪激动起来，说道，今天就索性把话说透吧。我一点儿也不喜欢天天满脑子是你的那种感觉，它会让我变得心肠很软，什么事都做不下去，完全失去了自我。再说，我也不想和你那个天真的小女生争风吃醋。我今天就想要个痛快的答案。我知道自己走到这一天，根本不配再拥有那种东西，人不可能什么都得到，可我还是不甘心。既然我是一个生意人，那就按我的方式来谈谈吧。你开条件，如果你愿意跟我在一起，从今天晚上起，我整个的一切都是你的，而且你会拥有你从来都没有的东西。那个小女生我会补偿她的，再说她的年龄还小着呢！

说到这里，陶荻似乎一下子松弛了下来。但是，她那种居高临下的口吻还是把崔成刺伤了。

也许，这对许多人来说是一生中不可多得的机会，它将使你转眼之间天翻地覆地改变自己的命运。可是，在崔成的眼里，这一切竟是那么荒唐。

崔成笑了笑，接着，他把头抬起来，冷静地望着陶荻说，谢谢你这么看重我，但你这么对我说，还是太小看我了。如果我马上拒绝你，你也许会认为我是一个傻子。现在，我可以实实在在地告诉你，我就是为了你说的那个小女生才来到你们公司的，我真心爱的人就是她，而且不会被任何人改变。我尊重你，也希望你能尊重我的选择，你所说的那些交易对我没有任何意义。如果你觉得我已经干扰到了你，我明天就可以辞职，不会再给你增添任何麻烦。

说完这番话，崔成感到心里豁亮了许多。

陶荻把头低了下来，身子不由自主地颤抖着，问道，你难道没有一点点喜欢我吗？

陶荻抬起眼睛时，崔成看到了她眼里的那两点泪光。崔成突然觉得站在他面前的这个女人真是有点儿可怜。

崔成感叹道，我不怪你。但有些东西你是不能了解的，同样，你的那些东西也是我不能了解的，这就是我们之间的差异，我们原本就不是一类人。

陶荻用几乎哀求般的声音继续说道，我明明都知道的，可就是不死心，知道迟早留不住你，但你答应过我的，要陪我度过这段时间。还有，老爷子也非常信任你，暂时没法离开你。就算我求你了，至少今年不要离开公司吧！

崔成有些疲惫地站起来说道，这一点我可以保证，我说到做到。你今天喝了不少酒，还是早点儿休息吧。我这就去医院。

陶荻无奈地点点头说道，辛苦你了，今天我胡乱说的一些话你别放在心里，先这样吧，我也是真累了，现在让我好好想一想。

崔成走出房门的时候，猛然发现陶荻的一双眼睛已经红了。

岸边正举办仲夏音乐会，来了不少知名歌手。此刻，他们正在一首接一首地演唱着。

崔成正陪着谷水秀随着人群向江堤的方向走去，就在这时，崔成的手机响了。电话是段世杰打过来的，还没等崔成说什么，电话那端的段世杰就向他报告了一个让人十分震惊的消息，就在半小时前，牛帅走了。虽然周围充满了嘈杂的人声，但是崔成还是真真切切地听清了段世杰电话里的每一句话。一时间，他也不知该说些什么，泪水不由自主地流了下来。谷水秀突然看到他这副表情，不知道到底发生了什么事情，不禁惊慌起来。

牛帅能挨到今天已经是万幸了，大家多少都有这个心理准备，也并不感到十分突然。段世杰告诉他，牛帅走的时候并不痛苦，他昏迷了半个小时之后就永远地离开了。按照牛帅的遗愿，火化之后，他的叔叔就会带着骨灰盒坐上朱光明安排好的飞机到北京去，之后由他们陪着，参加一次真正的升旗仪式，算是了却他最后的一桩心愿。

崔成忙问道，和朱光明联系上了没有？段世杰回道，正巧，光明就在北京办事呢，大家就等着你呢，你赶紧想办法明天赶到北京。李英俊也已经和中队说好了，专门为牛帅举办一次真正的升旗仪式，这些事情等你过来再细说吧，有什么情况随时联系。

接完电话，崔成把这件事告诉了谷水秀。谷水秀一脸坚定地说道，事情既然已经这样了，就别再伤心了。明天我陪你一起去，也正好见见他们。在两人之间上百封的书信里，以及无数次的通话中，谷水秀已经对崔成和他的每一位战友都像亲人一样熟悉了。

不知想到了什么，突然，崔成搂住谷水秀的肩膀，坚定地说道，水秀，我决定了，年底我们就回家。

谷水秀说她一直梦想有一天能和崔成坐上同一列火车，进行一次漫长的旅行。恋爱中的女孩总是充满着奇思妙想。这次虽然和崔成一起坐上了去往北京的火车，她却做梦都没想到是要为他的战友举行一次特殊的告别仪式。

列车到达北京时已经是夜半时分了，段世杰一直开车把他们送到了安排好的宾馆，说好了一切等天亮再说，之后便匆匆告辞了。

一切都在按计划进行，在约定好的时间里，大家一起来到了广场上。

见到丁大队长和迟班长时，崔成一时激动得不知说什么才好，当他郑重地敬上了一个军礼之后，丁大队长一边拍着他的肩膀，一边说道，我记得你呢，崔成，白马村来的好兵。好小子，出息不小呢，连媳妇都带来了。

接着，迟班长和他紧紧拥抱在了一起，嘴唇嗫嚅着说道，你们都没有给我丢脸，都是好样的！

几个人正站在那里相互寒暄着，只见朱光明和段世杰带着一个神情凝重的中年人走了过来。此刻，段世杰的手上捧着牛帅的骨灰盒，上面覆盖着鲜红的国旗。丁大队长带队迎了上去。随后，大家排成一排，等待着升旗仪式的开始。那些前来观看升旗仪式的人们不知道这里发生了什么，他们一边朝这边看着，一边充满好奇地在那里交头接耳。谷水秀一脸凝重地和崔成站在一起。

当仪仗队走过金水桥时，崔成一眼就看到了李英俊。李英俊作为这次升旗仪式的升旗手，是中队特意安排的。看上去，李英俊从未像今天这么光彩过。李英俊扬手挥出国旗，国歌声骤然响起，一排人齐刷刷地举起了手臂。崔成心里想着，牛帅一定看到了眼前的这一切，听到了战友们最深切的呼唤。此时，崔成的耳畔似乎又一次响起了牛帅上次对他们说的那句话：为了我，你们也得好好活着。

图书在版编目（CIP）数据

五个兄弟五颗星 / 石钟山 著．—长春：时代文艺出版社，2014.4（2018.1重印）

ISBN 978-7-5387-4330-2

Ⅰ．①五… Ⅱ．①石… Ⅲ．①长篇小说－中国－当代 Ⅳ．①I247.5

中国版本图书馆CIP数据核字（2014）第059708号

出品人 刘丛星 胡维革
策　划 周　岚 陈　琛
产品总监 郭力家
责任编辑 方　伟 陈秋旭
装帧设计 孙　利
排版制作 李玉龙

五个兄弟五颗星

石钟山 著

出版发行 / 时代文艺出版社
地址 / 长春市泰来街1825号 时代文艺出版社 邮编 / 130011
总编办 / 0431-86012927 发行部 / 0431-86012957 北京开发部 / 010-63108163
官方微博 / weibo.com / tlapress 天猫旗舰店 / sdwycbsgf.tmall.com
印刷 / 三河市京兰印务有限公司
开本 / 710mm × 1000mm 1 / 16 字数 / 160千字 印张 / 14.5
版次 / 2014年4月第1版 印次 / 2018年1月第2次印刷 定价 / 39.80元